NARRAÇÕES DO INFINITO
Lúmen

Camille Flammarion

NARRAÇÕES DO INFINITO
Lúmen

Tradução de Almerindo Martins de Castro

Copyright © 1938 *by*
FEDERAÇÃO ESPÍRITA BRASILEIRA – FEB

8ª edição – 6ª impressão – 1 mil exemplares – 9/2024

ISBN 978-85-69452-43-0

Todos os direitos reservados. Nenhuma parte desta publicação pode ser reproduzida, armazenada ou transmitida, total ou parcialmente, por quaisquer métodos ou processos, sem autorização do detentor do *copyright*.

FEDERAÇÃO ESPÍRITA BRASILEIRA – FEB
SGAN 603 – Conjunto F – Avenida L2 Norte
70830-106 – Brasília (DF) – Brasil
www.febeditora.com.br
editorial@febnet.org.br
+55 61 2101 6161

Pedidos de livros à FEB
Comercial
Tel.: (61) 2101 6161 – comercial@febnet.org.br

Adquirindo esta obra, você está colaborando com as ações de assistência e promoção social da FEB e com o Movimento Espírita na divulgação do Evangelho de Jesus à luz do Espiritismo.

Dados Internacionais de Catalogação na Publicação (CIP)
(Federação Espírita Brasileira – Biblioteca de Obras Raras)

F581n   Flammarion, Camille, 1842–1925

         Narrações do infinito (Lúmen) / Camille Flammarion; Tradução de Almerindo Martins de Castro. – 8. ed. – 6. imp. – Brasília: FEB, 2024.

         144 p.; 23 cm

         Tradução de: *Lumen*

         ISBN 978-85-69452-43-0

         1. Espiritismo. I. Federação Espírita Brasileira. III. Título.

                                                                                      CDD 133.9
                                                                       CDU 133.7
                                                                   CDE 30.01.00

SUMÁRIO

Primeira narrativa 7
Segunda narrativa...45
Terceira narrativa 69
Quarta narrativa..83
Quinta narrativa...119

Primeira narrativa[1]
Resurrectio præteriti

Quærens – Vós me haveis prometido, ó Lúmen!, fazer a narrativa dessa hora, estranha entre todas, que se seguiu ao vosso derradeiro suspiro, e descrever de que modo, por uma Lei Natural, embora muito singular, revistes o passado no presente e penetrastes um mistério que havia permanecido oculto até hoje.

Lúmen – Sim, meu velho amigo, vou cumprir a promessa e, graças à longa correspondência de nossas almas, espero que compreendas esse fenômeno estranho, conforme o classificastes. Há contemplações cuja força o olhar mortal não pode suportar. A morte, que me libertou dos frágeis e fatigáveis sentidos do corpo, ainda não vos tocou com a sua mão emancipadora. Pertenceis ao mundo dos vivos. Apesar do isolamento de ermo, nessas reais torres do arrabalde Saint-Jacques, onde o profano não vem perturbar vossas meditações, fazeis, sem embargo disso, parte da existência terrestre e das suas superficiais preocupações. Não vos admireis, pois, no instante de vos associar ao conhecimento do meu mistério, do convite para que vos isoleis, mais ainda, dos ruídos exteriores e me presteis toda a intensidade de atenção de que o vosso Espírito seja capaz de concentrar nele próprio.

Quærens – Serei todo ouvidos para vos escutar, ó Lúmen, e todo o meu Espírito estará concentrado em vos compreender. Falai,

---

[1] N.E.: Escrito em 1866. Publicado pela primeira vez na *Revista do Século XIX*, de 1º de fevereiro de 1867. Desenvolvido, depois, pelas aplicações sucessivas do mesmo princípio de óptica transcendente.

sem receio nem circunlóquio, e dignai-vos de me fazer conhecedor das impressões, ignotas para mim, que sucedem à cessação da vida.

Lúmen – Por onde desejais que eu comece a narração?

Quœrens – Se bem recordardes, a partir do momento em que, mãos trêmulas, eu vos fechei os olhos. Gostaria que daí partisse a vossa origem.

Lúmen – Oh! a separação do princípio pensante e do organismo nervoso não deixa na alma nenhuma espécie de recordação. É como se as impressões do cérebro, que constituem a harmonia da memória, se apagassem inteiramente e fossem logo restabelecidas sob outro modo. A primeira sensação de identidade que se experimenta depois da morte assemelha-se à que se sente ao despertar, durante a vida, quando, acordando pouco a pouco, à consciência da manhã, ainda se está penetrado pelas visões da noite. Chamado pelo futuro e pelo passado, o Espírito busca, por seu turno, retomar a plena posse de si mesmo e deter as impressões fugitivas do sonho esvaecido, que passam ainda nele com o respectivo cortejo de quadros e acontecimentos. Às vezes, absorvido em tal retrospecção de um sonho cativante, sente sob as pálpebras, que de novo se fecham, os elos tênues da visão reatados e o espetáculo prosseguir. Recai, então, no sonho e numa espécie de meio-sono. Assim se balança nossa faculdade pensante ao sair desta vida, entre uma realidade que não compreende ainda e um sonho não desaparecido completamente. As mais diversas impressões se amalgamam e confundem, e se, sob o peso de sentimentos perecedouros, tem saudades da Terra de onde vem exilado, é então oprimida por um sentimento de tristeza indefinível que pesa sobre nossos pensamentos, nos envolve de trevas e retarda a clarividência.

Quœrens – Experimentastes essas sensações imediatamente após a morte?

Lúmen – Após a morte? Mas não existe morte. O fato que designais sob tal nome, a separação do corpo e da alma, não se efetua — por assim dizer — sob uma forma dita material, comparável à separação química de elementos dissociados que se observa no mundo físico. Não se percebe essa separação definitiva, que vos parece tão cruel, mais do que a pode perceber o recém-nascido, saindo do ventre materno. Somos verdadeiramente nascidos para a vida celeste, tal qual o fomos para a existência terrestre. Apenas, não estando a alma envolta nas faixas corporais que a revestem na Terra, adquire ela mais prontamente a noção do seu estado e da sua personalidade. Tal faculdade de percepção varia, todavia — essencialmente —, de uma para outra alma. Há as que, durante o viver, nunca se elevaram rumo ao Céu, nem sentiram o desejo de penetrar as Leis da Criação. Essas, dominadas ainda pelos apetites corporais, permanecem longo tempo em estado de perturbação e de inconsciência. Outras existem, felizmente, que, desde esta vida, voaram com as suas aspirações aladas rumo aos cimos do belo eterno. Estas veem chegar com calma e serenidade o instante da separação: elas sabem que o progresso é a lei da existência, que entraram no Além, numa vida superior à de aquém. Seguem, passo a passo, a letargia que sobe ao coração e, quando o último movimento, vagaroso e insensível, para em seu curso, elas estão já acima do corpo e daí já observaram o adormecimento. Libertando-se dos liames magnéticos, sentem-se rapidamente arrebatadas por uma força desconhecida rumo ao ponto da Criação, a que as suas aspirações, sentimentos e esperanças as atraem.

Quœrens – A palestra que ora inauguro convosco, meu caro mestre, traz à memória os diálogos de Platão sobre a imortalidade da alma. É igual a Fedro que o solicitava a seu mestre, Sócrates, no próprio dia em que este devia beber a cicuta — para obedecer à iníqua sentença dos atenienses —, eu vos pergunto, ó vós, que haveis transposto o termo fatal, que diferença essencial distingue a alma do corpo, uma vez que este perece, enquanto que a primeira não morre jamais?

Lúmen – Não darei a essa questão uma resposta metafísica, qual a de Sócrates, nem uma solução dogmática, qual a dos teólogos, mas uma resposta científica, porque vós, tal qual eu, dais valor somente aos fatos constatados pelos métodos positivos. Ora, podem-se distinguir no ser humano três princípios diferentes, ainda que reunidos: 1) o corpo material; 2) o corpo astral; 3) a alma.

Menciono-os nessa ordem para seguir o método *a posteriori*. O corpo material é uma associação de moléculas, formadas elas próprias de agrupamentos de átomos. Os átomos são inertes, passivos, governados pela força e entram no organismo pela respiração e pelos alimentos, renovam incessantemente os tecidos, são substituídos por outros e, eliminados, vão pertencer a outros corpos. Em alguns meses, o corpo humano é totalmente renovado e, nem no sangue, nem na carne, nem no cérebro, nem nos ossos, resta mais um único dos átomos que constituíam o todo alguns meses antes.

Por intermédio da atmosfera, principalmente, os átomos viajam sem cessar de um para outro corpo. A molécula de ferro é sempre a mesma, quer esteja incorporada ao sangue que pulsa sob a têmpora de um homem ilustre, quer pertença a um vil fragmento enferrujado. A molécula de oxigênio é idêntica, brilhe no olhar amoroso da noiva, ou, reunida ao hidrogênio, projete sua flama em um dos mil luzeiros das noites parisienses, ou, ainda, tombe em gota de água do alto das nuvens. Os corpos atualmente vivos são formados da cinza dos mortos e, se todos os mortos ressuscitassem, faltariam aos vindos por último muitos fragmentos pertencentes aos primeiros. E, durante a vida mesmo, numerosas mudanças ocorrem entre amigos e inimigos, entre homens, animais, plantas, trocas que causariam singular espanto ao olhar analisador. Quanto respirais, comeis ou bebeis já foi respirado, bebido ou comido milhares de vezes. Tal é o corpo: um complexo de moléculas materiais que se renovam constantemente.

O corpo astral é, por assim dizer, imaterial, etéreo, fluídico. É por ele que o Espírito está associado ao corpo material; é o envelope da alma, a substância física do Espírito.

Pela energia vital, a alma grupa as moléculas, seguindo certa forma, e constitui os organismos.

A força rege os átomos passivos — incapazes de se conduzirem eles próprios, inertes. A força os chama, faz que lhe obedeçam, toma-os, coloca-os, dispõe todos conforme certas regras e forma esses corpos tão maravilhosamente organizados que o anatomista e o fisiologista contemplam. Os átomos são permanentes; a força vital não. Os átomos não têm idade; a força vital nasce, envelhece, morre. Um octogenário não é mais idoso do que o jovem de quatro lustros.[2] Por quê? Os átomos que o constituem estão, naquele, apenas há alguns meses e, além disso, não são nem velhos, nem novos. Analisados, os elementos constitutivos do seu corpo não têm idade. O que envelheceu, pois, no octogenário? A sua energia vital, a qual outra coisa não é que uma transformação da energia do Universo, e esgotada no corpo. A vida se transmite pela geração. Ela mantém o corpo instintivamente sem ter consciência dela própria: tem um começo e um fim; é uma força física inconsciente, organizadora e conservadora do corpo.

A alma é um ser intelectual, pensante, imaterial na essência. O mundo das ideias, no qual vive, não é o mundo de matéria: não tem idade, nem envelhece, não muda em um mês ou dois, igual ao corpo, pois, decorridos ano, lustro, decênio, sentimos que conservamos a nossa identidade, que o nosso eu permanece. De outro modo, se a alma não existisse, se a faculdade de pensar fosse função do cérebro, não poderíamos continuar a dizer que temos um corpo: este seria o corpo que teríamos na ocasião. Além disso, de período em período, nossa consciência mudaria, não teríamos mais a certeza, nem mesmo o sentimento da nossa identidade, e não seríamos mais responsáveis pelas resoluções segregadas pelas moléculas que haviam passado por nosso cérebro muitas dezenas de meses antes. A alma não é a força vital, pois esta é mensurável, transmite-se por geração, não tem consciência intrínseca, nasce, aumenta, declina e morre — estados diametralmente opostos aos da alma, imaterial, imensurável, intransmissível, consciente. O desenvolvimento da força vital pode ser representado geometricamente por um fuso que inche insensivelmente até o meio e depois decresça até anular-se na outra extremidade. No meio da vida, a alma não desincha (se se pode usar a comparação) para diminuir em forma de fuso e ter um fim, mas continua a abertura da sua parábola, lançada no Infinito. Além disso, o modo de existência da alma é essencialmente diverso do da vida. É um modo espiritual. O sentimento do justo ou do injusto, do verdadeiro ou do falso, do bom ou do mau, o estudo, as matemáticas, a análise, a síntese, a contemplação, a admiração, o

---

[2] N.E.: Período de cinco anos; quinquênio. Quatro lustros correspondem, portanto, a 20 anos.

amor, o afeto ou a antipatia, a estima ou o desprezo, em uma palavra, as preocupações da alma, quaisquer que sejam, pertencem à ordem intelectual e moral, que os átomos e as forças físicas não podem conhecer e que existe tão verdadeiramente quanto a ordem material. Jamais o trabalho químico ou mecânico das células cerebrais, por mais sutil que se suponha, poderia dar em resultado um julgamento intelectual, por exemplo, concluir que 4 multiplicado por 4 é igual a 16 ou que a soma dos três ângulos de um triângulo é igual a dois ângulos retos.

Esses elementos da entidade humana são encontrados no conjunto do Universo:

- Os átomos, os mundos materiais, inertes, passivos;
- As forças físicas, ativas, que regem os mundos e que se transformam umas nas outras;
- Deus, o Espírito eterno e infinito, organizador intelectual das leis matemáticas às quais as forças obedecem; Ser incognoscível, no qual residem os princípios supremos do verdadeiro, do belo e do bem.

A alma é ligada ao corpo material pelo corpo astral, intermediário, que ela conserva depois da morte. Quando a vida se extingue, a alma se separa naturalmente do organismo e cessa qualquer relação imediata com o espaço e o tempo, pois não tem densidade alguma, nem peso. Depois da morte, ela se encontra desprendida do corpo e permanece maior ou menor interregno na atmosfera. Relativamente livre, a alma pode deslocar-se facilmente e, às vezes, projetar-se mesmo a imensas distâncias, com a rapidez do pensamento. Sabeis que do Sol à Terra, ou desta aos planetas, a gravitação se transmite quase instantaneamente com uma velocidade maior do que a da luz. A transmissão da alma, mônada-psíquica, no espaço, é da mesma ordem. Assim, estamos no Céu, imediatamente depois da morte, de igual modo que o havíamos estado, aliás, durante todo o período da existência. Somente não temos mais o peso que nos prende ao planeta. Acrescentarei, todavia, que a alma demora algum tempo para desprender-se do organismo nervoso e, por vezes, permanece muitos dias, meses mesmo, magneticamente ligada ao antigo corpo que não deseja abandonar. Não raro, conserva, por largo período, seu organismo fluídico, além de, dotada de faculdades especiais, poder transportar-se rapidamente de um ponto a outro do espaço.

Quœrens – É a primeira vez que assimilo, sob uma forma sensível, esse fato não sobrenatural da morte e compreendo a existência individual da alma, sua autonomia do corpo e da vida, sua personalidade e sobrevivência, sua situação tão simples no Céu. Essa teoria sintética me prepara, eu o creio, para compreender e apreciar vossa revelação. Um acontecimento singular, dissestes, vos impressionou à entrada na vida eterna. Em que momento sobreveio?

Lúmen – Ei-lo, meu amigo. Deixe-me seguir na narrativa. Soavam, bem sabeis, as 12 pancadas da meia-noite no tímpano do meu velho carrilhão, e o plenilúnio, no meio do seu curso, derramava seu pálido clarão sobre meu leito mortuário quando minha filha, meu neto e amigos de estima saíram do aposento no intuito de repousar um pouco. Quisestes permanecer assistindo-me e prometestes à minha filha não abandonar o lugar até o amanhecer. Eu vos agradeceria esse devotamento, terno e dedicado, se não fôssemos qual dois verdadeiros irmãos. Teria decorrido meia hora, mais ou menos, pois o astro das noites declinava para a direita, quando vos peguei a mão e anunciei que a vida já me abandonava as extremidades. Assegurastes-me o contrário, mas eu observava com calma meu estado fisiológico e conhecia que poucos instantes restavam ainda à respiração. Dirigistes sutilmente vossos passos para o aposento dos meus filhos, mas (ignoro por que concentração de esforços) pude conseguir gritar, detendo tal intento. Voltastes, olhos lacrimosos, meu amigo, e dissestes: "Sim, vossas derradeiras vontades foram observadas e amanhã cedo será tempo ainda de fazer vir vossos filhos". Havia nessas palavras evidente contradição, que apreendi, sem isso deixar perceber. Lembrai-vos de que, então, pedi que fosse aberta a janela? Que bela noite de outubro, mais bela do que as dos poetas da Escócia cantadas por Ossian! Não longe do horizonte, e sob meus olhos, distinguiam-se as plêiades, veladas pelas brumas inferiores. Castor e Pólux remigiavam vitoriosamente no céu, algo mais distante. E, no alto, formando triângulo constelado com as precedentes, admirava-se, na constelação do Cocheiro, bela estrela de áureos raios, a que, desenhada à borda das cartas zodiacais, se denomina Capela, ou a Cabra. Vedes que a memória não me falha. Quando abristes a janela de todo, os perfumes das recentes rosas, adormecidas sob a asa da noite, chegaram até mim e confundiram-se com as claridades silenciosas das estrelas. Exprimir a doçura que derramaram em minha alma essas impressões — as derradeiras que a Terra me enviava, as últimas que tocavam os sentidos ainda não atrofiados — ficaria para além das possibilidades da minha linguagem: nas minhas horas de mais terno enlevo, de mais suave ventura, jamais senti essa alegria imensa, tal serenidade gloriosa, semelhante prazer já celeste que me foram dados por esses minutos de êxtase, escoados entre o sopro odoroso das flores e o meigo olhar das estrelas longínquas. E, quando regressastes para junto de mim, eu também voltara ao mundo exterior e, juntas as mãos sobre o peito, deixei que meu olhar e meu pensamento rogassem unidos e subissem ao Espaço. E porque meu ouvido fosse bem depressa se fechar para sempre, recordo as derradeiras palavras que pronunciei: "Adeus, meu velho amigo. Sinto que a morte me conduz... rumo às regiões desconhecidas, onde nos reencontraremos um dia. Quando a aurora desmaiar as estrelas, haverá aqui apenas o meu corpo mortal. Repeti à minha filha a última expressão da minha vontade: que ela eduque os filhos, tendo em mira os bens eternos".

E porque choráveis e dobrastes os joelhos diante do meu leito, acrescentei: "Repeti a bela prece de Jesus". E começastes a dizer em tom vacilante o Pai-Nosso... "Perdoai-nos... nossas ofensas tal qual perdoemos... àqueles que nos... hajam... ofendido..."

Tais são os pensamentos finais que chegaram à minha alma por intermédio dos sentidos. A vista se me perturbou ao fixar a estrela Capela e não sei mais de quanto se seguiu imediatamente a esse instante. O ano, os dias e as horas são constituídos pelo movimento da Terra. Fora desses movimentos, o tempo terrestre não existe mais no espaço; é, pois, absolutamente impossível ter noção desse tempo. Creio, sem embargo disso, ter ocorrido no próprio dia do meu trespasse o acontecimento que vou narrar, pois, conforme percebereis desde logo, meu corpo ainda não fora sepultado quando a visão se apresentou à minha alma.

Nascido em 1793, estava, em outubro de 1864, no meu septuagésimo segundo ano de existência, e não me senti mediocremente surpreendido ao constatar-me animado de ardor e agilidade de espírito não menos intensos do que nos mais belos dias da minha adolescência. Não possuía corpo, porém não me julguei incorpóreo, pois senti e vi que uma substância me constituía, embora não houvesse nenhuma analogia entre tal elemento e aqueles que formam os corpos terrestres. Não sei de que modo atravessei os espaços celestes e qual força me aproximou depressa de um sol magnífico, cujo dourado esplendor, aliás, não me deslumbrou e que estava rodeado, qual mostrara a distância, de grande número de mundos, envolto cada qual em um ou muitos anéis. Por essa mesma força, da qual era eu inconsciente, fui levado rumo a um desses anéis, espectador de indefiníveis fenômenos de luz, pois o espaço estrelado estava, dir-se-ia, atravessado por pontes de arco-íris. Não via mais o sol de ouro; estava numa espécie de noite colorida de nuanças multicores. A visão da minha alma atingira potência incomparavelmente superior à dos olhos do organismo terrestre que recentemente deixara. E, circunstância notável, esse poder me parecia subordinado à vontade. Tal poder visual da alma é tão maravilhoso que não me deterei hoje em descrevê-lo. Basta que vos faça pressentir isto: em lugar de ver simplesmente as estrelas no firmamento tal qual as contemplais da Terra, eu distinguia também de modo nítido os mundos que lhes gravitam em redor. E, detalhe estranho, quando não mais desejava divisar a estrela, a fim de não ser forçado ao exame desses mundos, ela desaparecia de minha visão, deixando-me em excelentes condições para observar apenas um de tais globos.[3] Além disso, quando minha visão sobre um mundo em particular chegava a distinguir os detalhes da superfície, os continentes e os mares, os nevoeiros e os rios, e, embora não visse aumentar perceptivelmente, qual acontece com o auxílio dos telescópios, conseguia, por intensidade particular de concentração na "vista" de minha alma, enxergar o objeto sobre o qual ela

---

[3] Nota do autor: A anatomia fisiológica transcendente explicará talvez esse fato, propondo admitir que uma espécie de *punctum cœcum* se desloca para disfarçar o objeto que não mais se deseja ver.

convergia, no mesmo grau em que se distingue uma cidade, uma campina. Chegando a esse mundo anelar, apercebi-me de que me revestira de uma forma idêntica à dos seus habitantes, tal qual se houvesse a minha alma atraído para ela os átomos constitutivos de um novo corpo. Na Terra, os corpos são compostos de moléculas que não se tocam e se renovam constantemente pela respiração, alimentação e assimilação. Aqui, o envoltório da alma se forma de modo mais rápido. Eu me senti vivo em mais alto grau do que os seres sobrenaturais cujas paixões e saudades foram cantadas por Dante. Uma das faculdades essenciais dos habitantes desse novo mundo é decerto a de enxergar muito longe.

Quœrens – Mas, meu amigo (perdoai minha observação quiçá ingênua), a essa tão grande distância, os mundos e os planetas que circulam em torno das estrelas não se confundem com o próprio centro de atração? Por exemplo, a tão grande longitude, onde vos achastes, os planetas do nosso sistema não ficaram confundidos nessa estrela, no nosso Sol? Pudestes distinguir a Terra?

Lúmen – Haveis aproveitado, à primeira vista, a única objeção geométrica que parece contrariar a observação precedente. Com efeito, a uma certa distância, os planetas são absorvidos nos clarões do seu sol, e nossos olhos terrestres teriam dificuldade em distingui-los. Sabeis que, a partir de Saturno, não se diferencia mais a Terra. Mas convém acentuar que tais dificuldades dependem tanto da imperfeição da nossa vista quanto da lei geométrica do decrescimento das superfícies. Ora, no mundo em cujas margens acabava de aportar, os seres, não encarnados em um envoltório grosseiro igual ao da Terra, e sim mais livres e dotados de faculdades de percepção elevadas a eminente grau de potência, podem, conforme vos disse já, isolar a fonte iluminadora do objeto iluminado e, por isso, perceber distintamente os detalhes que, a tamanhas distâncias, seriam de todo encobertos aos olhos dos organismos terrestres.

Quœrens – E para tais observações, eles se servem de instrumentos superiores aos nossos telescópios?

Lúmen – Se, para tornar menos difícil à compreensão essa maravilhosa faculdade visual, é mister concebê-la munida de instrumentos ópticos, vós a podeis assim admitir teoricamente. Lícito vos é imaginar óculos que, por uma sucessão de lentes e dispositivos de diafragmas, aproximam sucessivamente os mundos e isolam da vista o foco iluminador para deixar à observação somente o mundo objeto do estudo. Devo, porém, advertir que esses seres são dotados de um sentido especial, diferente da vista ordinária, e que o sabem desenvolver por processos ópticos muito eficazes. Fica entendido que tal poder visual e respectiva construção óptica são naturais nesses mundos, e não sobrenaturais. Atentai um pouco nos insetos que dispõem da faculdade de encolher ou alongar seus olhos à maneira de tubos de binóculos, de intumescer ou achatar o cristalino para dele fazer uma lente de diversos graus, ou ainda de concentrar no mesmo foco uma série de olhos assentados, à feição de outros tantos microscópios para surpreender o infinitamente pequeno — e podereis, de modo mais fácil, conceber a faculdade de tais seres ultraterrestres.

Quœrens – Sem poder figurá-la, pois que está além do meu conhecimento-experiência, posso conjeturar essa possibilidade. Assim, pudestes ver a Terra e mesmo distinguir de tão alto as cidades e as aldeias do nosso baixo mundo?

Lúmen – Deixai-me prosseguir minha narrativa. Cheguei, pois, ao anel mencionado, cuja largura é bastante vasta para que duzentas Terras qual a vossa possam nele rodar enfileiradas, e me encontrei sobre uma vasta montanha coroada de palácios vegetais. Pelo menos me pareceu que esses castelos feéricos cresciam naturalmente, ou eram apenas o resultado de um fácil ajustamento de ramos e flores altas. Cidade bastante populosa. Sobre o cimo da montanha onde aportara, notei um grupo de anciões, em número de 25 ou 30, os quais se fixavam, com a atenção mais obstinada e mais inquieta, em uma bela estrela da constelação austral do Altar, nos confins da Via Láctea. Não notaram a minha chegada junto deles, tanto a sua múltipla atenção estava exclusivamente concentrada no exame da estrela, ou de um mundo do respectivo sistema.

Quanto a mim, chegando a essa atmosfera, me vi revestido de um corpo físico igual aos deles e, surpresa maior ainda, não me admirei de ouvir que falavam a respeito da Terra, sim, da Terra, nessa linguagem universal do Espírito que todos os seres compreendem, desde o Serafim até as árvores da floresta. E não só falavam da Terra, mas, particularmente, da França. "Porque esses massacres regulares?" — eles se diziam. "Haverá necessidade de que a força bruta reine soberana? A guerra civil vai dizimar esse povo até o último dos seus defensores e lavar com rios de sangue as ruas da capital, ainda há pouco tão tranquila, tão intelectual, tão elegante e tão brilhante?"

Eu não compreendia nada de tais palavras, eu que viera da Terra com uma velocidade igual à do pensamento e que, na véspera ainda, respirava o ambiente de uma cidade calma e pacífica. Reuni-me ao grupo e fixei com eles meu olhar na estrela de ouro. Bem depressa, escutando sua conversação e buscando avidamente distinguir as coisas extraordinárias das quais falavam, divisei, à esquerda da estrela, uma esfera azul-pálido: era a Terra. Não ignorais, meu amigo, que, apesar do aparente paradoxo, a Terra é verdadeiramente um astro do céu (e isso eu vos recordei há pouco). De longe, de uma das estrelas vizinhas do nosso sistema, este aparece, à visão espiritual de que falei, no grau de uma família de astros composta de oito mundos principais, unidos em torno do Sol. Júpiter e Saturno chamam primeiramente a atenção devido ao seu tamanho; depois, não tarda a se destacarem Urano e Netuno e, em seguida, mais perto do Sol-estrela, Marte e Terra. Vênus é mais difícil de perceber, e Mercúrio fica invisível devido à sua quase absoluta proximidade do Sol. Tal é o sistema planetário do céu.

Minha atenção se prendeu exclusivamente à pequena esfera terrestre, junto da qual reconheci a Lua. Bem depressa notei as alvas neves do polo boreal, a Europa tão retalhada, o Mediterrâneo azul, o triângulo amarelo da África, os contornos do oceano, e, porque minha atenção estava unicamente fixada sobre o nosso planeta, o Sol-estrela se eclipsou da minha visão. Depois, sucessivamente, pouco a pouco, consegui distinguir na esfera, em meio de regiões azuladas, uma espécie de recorte de cor bistre[4] e, prosseguindo minha investigação, vislumbrar uma cidade no meio do dito recorte. Não tive dificuldade

---

[4] N.E.: Diz-se de cor escura e de tom algo amarelado, como o da fuligem diluída em água.

para reconhecer que o recorte era a França e a cidade de Paris. O primeiro sinal de identificação da capital francesa foi o listão prateado do Sena, que tão faceiramente descreve tantas circunvoluções sinuosas a oeste da grande metrópole.

Servindo-me do aparelho óptico, penetrei em maiores detalhes. A nave e as torres de Notre Dame, que eu via por cima, formavam bem uma cruz latina na ponta oriental da cidade. Os bulevares estendiam suas faixas ao norte. Ao sul, reconheci o Jardim de Luxemburgo e o Observatório. A cúpula do Panteão toucava com um ponto cinzento a montanha Santa Genoveva. A oeste, a grande Avenida dos Champs-Élysées desenhava no solo a sua linha reta; divisava-se, mais distante, o Bosque de Bolonha, os arredores de Saint-Cloud, os bosques de Meudon, Sèvres, Ville d'Avray e Montretout. Tudo, porém, era paisagem de inverno, árvores despidas de folhagem, um triste dia de janeiro, enquanto que eu deixara a Terra em outubro. Tive, em pouco, a certeza de que era bem Paris o alvo da minha vista, mas, porque não compreendesse melhor as exclamações dos meus vizinhos, fiz esforços para mais exatamente realçar os detalhes.

Minha visão se detém de preferência sobre o Observatório, pois estava no meu bairro favorito, o qual, durante oito lustros, deixara apenas por alguns meses. Ora, julgue qual foi minha surpresa quando meu olhar se adaptou mais completamente ao cenário e percebi não mais existir avenida entre o Luxemburgo e o Observatório, e que essa magnífica aleia de castanheiros dera lugar a jardins de mosteiros. Um desses retiros ocupava o lindo centro do vergel. O Bulevar Saint-Michel não existia mais, nem a Rua dos Médicis. Era um amálgama de ruelas, e julguei reconhecer a antiga Rua do Este, a Praça São Miguel, onde outrora uma antiga fonte fornecia água aos moradores do arrabalde, e uma série de outras ruazinhas que eu havia visto antigamente. Pareceu-me estar sob meus olhos o Plano de Turgot, com as suas ruas e edificações. O Observatório estava despojado das cúpulas, as duas alas laterais haviam igualmente desaparecido. Pouco a pouco, prosseguindo minha investigação, constatei que, particularizando, Paris mudara profundamente. Meus rancores de artista contra as invasões da edilidade parisiense despertaram, mas foram rapidamente superados por outras cogitações mais fortes. O Arco triunfal da Estrela[5] não existia mais, nem as avenidas opulentas que nele vinham confinar. O Bulevar de Sebastopol não existia também, nem a Gare do Este e nenhuma linha de via férrea! A Torre Saint Jacques estava enfeixada em um cortejo de velhos prédios, e a Coluna da Vitória lhe estava aproximada. A Coluna da Bastilha também estava ausente, pois eu teria com facilidade reconhecido o gênio dourado que a encimava. Na Praça Vendôme, a Coluna da Grande Armada havia desaparecido, e a Rua da Paz não se via também. A Rua de Rivoli sumira-se. O Louvre não estava concluído, ou então demolido. Entre o trecho quadrado do Louvre e as Tuileries, viam-se casebres amontoados, uma pequena igreja, velhos terraços e mansardas. Na Praça de la Concorde, não se distinguia mais o obelisco, mas parecia ver-se enorme pedestal e, ante ele, grande e grulhante multidão contida por tropas militares. Não se avistavam a Igreja de la Madaleine e a Rua Royale. Havia uma ilhota por detrás da Ilha Saint--Louis. Os bulevares exteriores não eram outra coisa que o velho muro da ronda, e as fortificações tinham destruído seus contornos. Enfim, embora reconhecendo a capital da França, pelos edifícios que lhe restavam e por alguns quarteirões não transformados, estava sem saber que pensar de tão maravilhosa metamorfose, que, da véspera para o outro dia, tão radicalmente mudara o aspecto da velha cidade.

Ao meu pensamento acudiu, de início, a ideia de que, ao invés de pouco tempo, gastara, para vir da Terra, mais de um ano, lustro, decênio ou século.

E porque a noção do tempo é essencialmente relativa e a medida da sua duração nada tem de real, nem de absoluta, separada do globo terrestre, eu perdera, por esse motivo, toda a medida fixa, e a mim mesmo dizia que um ano ou até um século podia ter passado ante meu ser sem que me apercebesse, pois o tão vivo interesse tomado por essa viagem não me fizera achar o tempo longo — expressão vulgar indicadora dessa sensação em nosso espírito. Não tendo meio algum

---

[5] N.E.: Assim era chamado um dos mais famosos símbolos de Paris, o Arco do Triunfo, por se situar no cruzamento de várias avenidas em forma de estrela.

de me certificar da realidade, terminaria por crer, sem dúvida, que muitos séculos já me separavam da vida terrestre e tinha sob os olhos a Paris do século XXI, se eu não houvesse, então, aprofundado mais o exame do conjunto.

Com efeito, identifiquei sucessivamente o aspecto da cidade e cheguei, por gradação, a reencontrar terrenos, ruas e edifícios que havia conhecido na minha infância. A Prefeitura me apareceu todo embandeirada, e o Castelo das Tuileries apresentava sua cúpula quadrada central. Um pequeno detalhe completou minha elucidação, quando, no centro do jardim de um velho mosteiro da Rua Saint-Jacques, discerni um pavilhão cuja vista me fez estremecer. Fora ali que eu encontrara, adolescente, a mulher que me amou com um profundo amor, a minha Eivlys, tão terna e tão devotada, que tudo abandonou para se entregar ao meu destino. Revi a pequena cúpula do terraço ante a qual íamos sonhar à tarde e estudar as constelações. Ah! com que júbilo acolhia eu esses passeios durante os quais, acertando o passo um pelo outro, caminhávamos as avenidas, fugindo dos olhos indiscretos do mundo ciumento. Revia o pavilhão, reconhecendo-o tal qual era então, e podeis calcular que tal vista bastou, ela só, para completar minhas indicações e convencer-me, com uma convicção invencível e inquebrantável, de que, longe de ter sob os olhos — conforme fora natural imaginar — a Paris de depois da minha morte, eu tinha ante mim a Paris desaparecida, a velha Paris do começo do século XIX, ou a do fim do XVIII.

Podeis compreender facilmente, no mínimo, que eu, apesar da evidência, não devia crer no que meus olhos viam. Parecia-me mais natural imaginar que Paris havia envelhecido tanto, sofrido tais transformações depois da minha partida da Terra (intervalo cuja duração me era totalmente desconhecida), que eu tinha sob a vista a cidade do futuro, se posso exprimir por essa imagem um fato que estava presente para mim. Prossegui, pois, atentamente minha observação para constatar, de modo decisivo, que se tratava da antiga Paris, em parte demolida atualmente, o que eu tinha sob os olhos, ou se, por um fenômeno não menos incrível, era uma outra Paris, uma outra França, uma outra Terra.

II

Quœrens – Que situação extraordinária para o vosso espírito analista, ó Lúmen! E qual o meio que vos permitiu chegar a conhecer a realidade?

Lúmen – Os anciões da montanha tinham prosseguido a conversação, enquanto as reflexões precedentes se sucediam em meu espírito. Subitamente, ouvi o mais idoso, Espírito venerável cuja cabeça nestoriana se impunha à admiração e ao respeito, exclamar em tom tristemente ressonante: "De joelhos, meus irmãos, imploremos indulgência ao Deus universal. Essa terra, essa nação continua a ensopar-se em sangue: uma nova cabeça, a de um rei, acaba de tombar!" Seus companheiros pareceram compreendê-lo, porque ajoelharam sobre a montanha e prosternaram os alvos rostos contra o chão.

Eu, que ainda não estava habituado a distinguir figuras humanas no meio das ruas e praças públicas e que não havia acompanhado a observação particular dos anciões, permaneci de pé e insistindo no exame do quadro distante. "Estrangeiro — disse o velho —, condenais a ação unânime de vossos irmãos, pois que não vos unistes à prece que fizeram?" "Senador — respondi —, não posso condenar, nem aplaudir, pois não sei do que se trata. Chegado a esta montanha há pouco, desconheço a causa da vossa religiosa imprecação".

Então, aproximei-me do velho e, enquanto seus companheiros se erguiam e se entretinham em mútua conversação, eu lhe pedi que me narrasse as suas observações.

Ensinou-me que, dada a intuição de que são dotados os Espíritos do grau dos habitantes desse mundo, e também pela faculdade íntima de percepção que lhes coube em partilha, estabelecem uma espécie de relação magnética com as estrelas vizinhas. Tais estrelas são em número de 12 ou 15, as mais próximas; fora desse perímetro, a percepção resulta confusa. "Nosso Sol é uma dessas estrelas contíguas." Conhecem, pois, vagamente, mas com exatidão, o estado das Humanidades que habitam os planetas dependentes desse Sol e seu grau relativo de elevação intelectual ou moral.

Além disso, quando uma grande perturbação atravessa uma dessas humanidades, seja na ordem física, seja na ordem moral, ela sofre uma espécie de comoção recôndita, à semelhança do que acontece com uma corda, vibrando, ao fazer entrar em vibração outra corda colocada a distância.

Havia um ano (um ano deste mundo é equivalente a dez dos nossos) que eles se sentiram atraídos por uma emoção particular para o nosso planeta terrestre, e os observadores tinham seguido com interesse e inquietude a marcha desse mundo. Haviam assistido ao fim de um reino, à aurora de uma liberdade resplendente, à conquista dos direitos do homem, à afirmação dos grandes princípios da dignidade humana. Depois, haviam visto a causa sagrada da liberdade posta em perigo por aqueles que deveriam constituir-se seus primeiros defensores, e a força brutal substituir o raciocínio e a persuasão. Compreendi que se tratava da Revolução de 1789 e da queda do velho mundo político diante do novo. Desde algum tempo, principalmente, acompanhava, com intensa mágoa, os frutos do terror e a tirania dos bebedores de sangue. Eles temiam pelos dias da raça humana e duvidavam, daí para o futuro, do progresso dessa Humanidade emancipada que alienava — ela própria — o tesouro que acabara de conquistar.

Guardei-me bem de declarar ao senador ter chegado da Terra e nela vivido até contar 72 aniversários de existência. Ignoro se ele teve alguma intuição a respeito, mas eu próprio estava tão estranhamente surpreendido de tal visão, que meu espírito se identificara com isso e não mais pensava na minha pessoa.

Minha vista, afinal, se adaptara ao espetáculo observado, e destaquei, no meio da Praça da Concórdia, um cadafalso rodeado de formidável aparelhamento de guerra, de tambores, canhões e de uma densa multidão pintalgada, empunhando chuços.

Uma charrete, guiada por certo homem vermelho, conduzia os despojos mortais de Luís XVI, dirigindo-se para os lados do arrabalde de Saint-Honoré.

Um populacho ébrio parecia ameaçar o céu. Cavaleiros se seguiam, sabre em punho. Viam-se, rumo dos Champs-Élysées, fossas nas quais caíam os curiosos.

Mas essa agitação, concentrada no local tumultuoso, não se estendia à cidade — que parecia morta e deserta. O terror a mergulhara em letargia.

Eu não assistira ao acontecimento de 1793, pois esse fora o ano do meu nascimento, e experimentava indizível interesse em ser testemunha de tal cena, da qual os historiadores me haviam informado. Muitas vezes eu discutira o voto da Convenção Nacional, mas confesso que a execução de homens da estirpe de Lavoisier, o criador da Química; Bailly, historiador da Astronomia; André Chenier, o dulcíssimo poeta; ou a condenação de Condorcet, para o qual não tinham a escusa da razão de Estado, haviam-me causado mais indignação do que o suplício de Luís XVI. Ser testemunha dos acontecimentos dessa época transcorrida despertava em mim interesse sem igual. Todavia, por imenso que fosse tal interesse, poderéis calcular que estivesse dominado por um sentimento mais poderoso ainda: me encontrar no ano de 1864 e estar assistindo, presentemente, a um acontecimento desenrolado durante a Revolução Francesa.

Quœrens – Parece-me, com efeito, que esse sentimento de impossibilidade devia tornar singularmente perturbada a vossa contemplação, pois, em última análise, ali estava uma visão que sentimos radicalmente ilusória e da qual não podemos admitir a realidade, mesmo assistindo-a.

Lúmen – Sim, meu amigo, impossível. Logo, compreendereis em que estado de ânimo me encontrava, enxergando, com os meus olhos, um tal paradoxo realizado? Certa expressão popular diz que, por vezes, não se pode crer nos próprios olhos. Era o meu caso; impossível negar; impossível admitir.

Quœrens – Não seria uma concepção do vosso Espírito, um produto da vossa imaginação, uma exumação da vossa lembrança? Adquiristes a certeza de que se tratava de uma realidade, e não de um reflexo singular da memória?

Lúmen – Foi o primeiro raciocínio que me veio ao espírito, mas era de todo tão evidente estar sob meus olhos a Paris de 1793 e o acontecimento de 21 de janeiro, que não pude duvidar por muito tempo. E, por outra parte, tal raciocínio estava de antemão derribado pela circunstância de me haverem os velhos da montanha precedido na observação dos fatos — que eles viam, analisavam e se comunicavam a ação do momento, sem conhecer de qualquer modo a história da Terra e sem saber se eu conhecia essa história. E, depois, tínhamos sob o olhar um fato presente, e não um acontecimento do passado.

Quœrens – Mas, então, se o passado pode assim se fundir ao presente; se a realidade e a visão se consorciam desse modo; se as personalidades mortas de há muito podem ser vistas ainda, agindo no cenário da vida; se as novas construções e as metamorfoses de uma cidade do tipo de Paris podem desaparecer e deixar ver em seu lugar a cidade de outrora; se, enfim, o presente pode esvair-se para a ressurreição do passado, em qual certeza podemos doravante confiar? Em que se torna a ciência de observação? Que será das deduções e das teorias? Sobre o que estão fundados nossos conhecimentos, que nos parecem os mais sólidos? E se aquelas coisas são verdadeiras, não deveremos, no futuro, duvidar de tudo, ou crer em tudo?

Lúmen – Essas considerações e outras, meu amigo, me absorveram e atormentaram, mas todas elas não puderam destruir a realidade que eu via. Quando adquiri a certeza de que tínhamos presente, sob os olhos, o ano de 1793, refleti imediatamente que a própria ciência, longe de combater essa realidade (pois duas verdades não se podem opor uma à outra), devia dar-me disso a cabível explicação. Interroguei a Física e esperei a sua resposta.

Quœrens – Quê! O fato era real?

Lúmen – Não somente real, mas também compreensível e demonstrável. Ides receber a explicação astronômica. Examinei, inicialmente, a posição da Terra na constelação do Altar, da qual vos falei. Orientando-me em relação à Estrela Polar e ao zodíaco, assinalei que as constelações não eram muito diferentes das que são vistas da Terra e, afora algumas estrelas particulares, sua posição continuava sensivelmente a mesma. Órion reinava no equador terrestre; a Grande Ursa, detida em seu curso circular, tendia ainda ao Norte. Reportando-me às coordenadas dos movimentos aparentes, suspensos daí em diante, constatei então que o ponto onde eu via o grupo do Sol, da Terra e dos planetas devia marcar a 17ª hora da ascensão reta, isto é, o 256º grau, mais ou menos (eu não dispunha de aparelho para tomar exata mensuração). Observei, em segundo lugar, que esse ponto se encontrava rumo ao 44º grau de distância do Polo Sul. Tais pesquisas tinham por fim identificar a estrela sobre a qual havia eu pairado e deram lugar a que eu concluísse encontrar-me num astro situado rumo ao 76º grau de ascensão reta, e ao 46º de declinação boreal. Sabia, por outro lado, pelas palavras do ancião, que o astro onde nos achávamos não estava muito distanciado do nosso Sol, pois este se incluía entre os astros vizinhos. Com a ajuda de tais elementos, pude facilmente encontrar nas minhas reminiscências qual a estrela se encontrava em concordância com as posições assim determinas. Uma única a isso correspondia: era a estrela de primeira grandeza Alfa do Cocheiro, denominada também Capela ou Cabra. Não havia a menor dúvida a respeito.

Assim, eu estava, então, certamente num mundo dependente do sistema dessa estrela. De lá, o brilho do nosso Sol fica reduzido ao de uma simples estrela e, em consequência da viagem que faz, vai colocar-se em perspectiva diante e na constelação do Altar, situada precisamente em oposto à do Cocheiro para o habitante da Terra. Desde então, procurei recordar qual era a paralaxe[6] dessa estrela. Lembrava-me de que um dos meus amigos, astrônomo russo, já a havia calculado, e seu cálculo — confirmado — dava a essa paralaxe 0,046.[7]

---

[6] N.E.: Do grego *parallaxis*. É o deslocamento angular aparente de um corpo celeste por estar sendo observado a partir da superfície da Terra e não de seu centro.

[7] Nota do autor: Ninguém ignora que, quanto mais distante se encontra um objeto, mais ele parece menor. O que é visto no ângulo de um segundo está distante 206.265 vezes do seu tamanho natural, qualquer que seja o objeto, pois existindo 1.296.000 segundos em uma circunferência, a relação desta para o diâmetro é de 3,14159, e 1.296.000 / (3,14159 x 2) = 206.265. A estrela Capela, não divisando o meio diâmetro da órbita terrestre senão sob um ângulo 22 vezes menor, tem distância 22 vezes maior; ela é, consequentemente, 4.484.000 vezes o raio da órbita terrestre. As medidas micrométricas futuras poderão modificar as cifras dessa paralaxe, mas em nada alterarão o princípio que serviu de base ao presente livro.

Expresso em milhões de quilômetros, o número é 681.568.000. Assim, o astro sobre o qual eu me encontrava distava da Terra 681 trilhões 568 milhões de quilômetros.

Elucidado desse modo o problema, estavam três quartas partes resolvidas. Ora, eis aqui agora o fato capital, aquele para o qual chamo a vossa particular atenção, pois nele reside, no momento, a explicação da mais estranha das realidades. Sabeis que a luz não vence instantaneamente a distância de um lugar a outro, e sim sucessivamente. Não deixastes de assinalar decerto que, atirando uma pedra em águas tranquilas, uma série de encíclicas se sucede em redor do ponto onde a pedra caiu. Assim se dá com os sons no ar, quando passam de um extremo a outro, assim ocorre com a luz no espaço: ela se transmite gradualmente por ondulações sucessivas. A luz de uma estrela emprega, pois, certo tempo para chegar à Terra e essa duração depende naturalmente da distância entre uma e outra.

O som percorre 340 metros por segundo. Um tiro de canhão é ouvido pelos artilheiros vizinhos da peça no preciso momento em que parte; um segundo depois, por aqueles que estejam na distância de 340 metros; 3 segundos, pelos que se acham a um quilômetro; 12 segundos, para os que estão a 4 quilômetros; dois minutos, para os que se encontram ao décuplo dessa distância; cinco minutos, para os que, colocados a cem quilômetros, ouçam ainda esse trovão dos homens. A luz se transmite com uma velocidade muito maior, porém não instantânea, conforme acreditavam os antigos. Ela percorre 300 mil quilômetros por segundo e faria oito vezes o giro do globo em um segundo se pudesse fazer voltas; emprega 15 segundos e 1/4 para vir da Lua à Terra; 8 minutos e 13 segundos se partir do Sol; 42 minutos para nos chegar de Júpiter; 8 horas saindo de Urano; e 8 horas para fazer a viagem desde Netuno. Vemos, pois, os corpos celestes, não tal qual eles são no momento em que os observamos, mas tal qual eram no instante da partida do raio luminoso que nos chegou. Se um vulcão, por exemplo, entrasse em erupção em um desses mundos referidos, não o veríamos projetar suas chamas senão um segundo e 1/4 depois, se se tratasse da Lua; 42 minutos decorridos, se em Júpiter; 2

horas mais tarde, se viessem de Urano; 4 horas após, caso proviessem de Netuno. Se nós nos transportássemos para além do sistema planetário, as distâncias seriam incomparavelmente mais vastas, e maior a demora na chegada da luz. Assim, o raio luminoso saído da estrela mais próxima da Terra, a Alfa do Centauro, despende mais de 1.400 dias para nos atingir; o que procede de Sírio emprega perto de um decênio para atravessar o abismo que nos separa desse sol.

Estando a estrela Capela separada da Terra pela distância que mencionei, é fácil calcular, à razão de 300.000 quilômetros por segundo, de quanto tempo necessita a luz para franquear tal intervalo. O cálculo feito dá sete decênios, 20 meses e 24 dias. O raio luminoso que sai de Capela, para vir à Terra, não nos chega senão depois de marchar, ininterruptamente, esses 14 lustros, 20 meses e 24 dias.

Igualmente, o raio luminoso que parte da Terra, para atingir a estrela, ali não chega antes de tal decurso.

Quœrens – Se o raio luminoso que nos vem dessa estrela emprega aquele tempo para atingir o nosso mundo, a luz que nos traz é, pois, a de quase 864 meses do momento da partida?

Lúmen – Haveis compreendido com exatidão. E aí está precisamente o fato que importa bem penetrar.

Quœrens – Assim, em outros termos, o raio luminoso é semelhante a um correio que nos traz as novidades da situação do país de onde vem e que, se demora 3.744 semanas para chegar, nos traz as notícias do país relativas ao momento da sua partida, isto é, de sete decênios anteriores ao instante em que nos chegam.

Lúmen – Adivinhastes o mistério. Vossa comparação demonstra haverdes erguido uma ponta do véu. Para falar mais exatamente ainda, o raio luminoso seria um correio trazendo não notícias escritas, mas a fotografia, ou, mais rigorosamente ainda, o *próprio aspecto* do país donde saísse. Vemos esse aspecto tal qual era no momento em que os raios luminosos enviados de cada um dos pontos do país no-lo fazem conhecido — na ocasião, repito, em que de lá saíram. Nada é mais simples, mais incontestável. Quando, pois, examinamos ao telescópio a superfície de um astro, não a vemos tal qual ela é no instante em que a observamos, e sim tal qual era ao tempo em que a luz, que ora nos chega, foi emitida pela dita superfície.

Quœrens – De sorte que, se uma estrela cuja luz, suponhamos, necessita de dois lustros para nos chegar fosse subitamente aniquilada hoje, nós a estaríamos vendo durante esse decênio, uma vez que só ao termo de tal tempo nos chegaria o seu derradeiro raio luminoso?

Lúmen – Precisamente isso. Em uma palavra, os raios de luz que as estrelas nos enviam não nos chegam instantaneamente, e sim empregando um certo tempo para transpor a distância de separação, não nos mostrando as estrelas tal qual são agora, mas tal qual eram por ocasião em que partiram esses raios de luz transmissores do respectivo aspecto. Aí está uma surpreendente transformação do passado em presente. Para o astro observado, é o que já se passou, o já desaparecido; para o observador, é o presente, o atual. O passado do astro é rigorosa e positivamente o presente do observador. E porque o aspecto dos mundos muda de um ano a outro, e mesmo da véspera para o dia seguinte, pode-se representar esse aspecto igual a um escapamento no espaço avançando no infinito para se revelar aos olhos dos longínquos contempladores. Cada aspecto é seguido de um outro, e assim sucessivamente. E, na forma de série de ondulações, levam ao longe o passado dos mundos, que se torna presente aos observadores escalonados na sua passagem. Isso que cremos ver presentemente nos astros já se passou, e o que lá está ocorrendo nós não vemos ainda.

Identificai-vos, meu amigo, com essa representação de um fato real, porque vos interessa muito apreender tal marcha sucessiva da luz e compreender com exatidão essa verdade incontestável: o aspecto das coisas, quando trazido pela luz, apresenta essas coisas, não tal qual elas são presentemente, mas tal qual eram anteriormente, segundo o intervalo de tempo necessário para que a respectiva imagem, assim trazida, percorra a distância que delas nos separa.

Não vemos astro algum qual é no momento, mas qual o era no instante em que dele saiu o raio luminoso que nos chega. Não é o estado atual do céu que nos é visível, mas a sua história passada. Há mesmo tais e tais astros que não existem mais há dez milênios e são vistos ainda, porque o raio luminoso deles chegado saiu de lá muito tempo antes da sua destruição. Tal estrela dupla, da qual buscais com mil cuidados e muitas fadigas determinar a natureza e os movimentos, não existe mais, desde quando começaram a haver astrônomos sobre a superfície da Terra. Se o céu visível fosse aniquilado hoje, seria visto ainda amanhã, e ainda no ano próximo, e ainda durante um século, um milênio, cinco, dez milênios, e por mais, excetuadas apenas as estrelas muito próximas que se extinguiriam, sucessivamente, à proporção do decurso de tempo necessário para que os respectivos raios luminosos, delas emanados, transpusessem a distância que nos separa: Alfa do Centauro extinguir-se-ia primeiro, em 48 meses; Sírio, em 120, etc. É fácil agora, meu amigo, aplicar a teoria científica à explicação do estranho fato do qual fui testemunha. Se da Terra se vê a estrela Capela, não tal qual é no momento da observação, e sim tal qual foi 864 meses antes, de igual maneira de lá não se vê a Terra senão com idêntica diferença de aspecto, correspondente a igual período de tempo. A luz despende o mesmo tempo para percorrer os dois trajetos.

Quœrens – Mestre, acompanhei atentamente vossas explicações. Não sendo luminosa, brilha a Terra, a distância, igual a uma estrela?

Lúmen – A Terra espelha no espaço a luz recebida do Sol. Quanto maior a longitude, mais o nosso planeta se parece com uma estrela, concentrada toda a luz do Sol em um disco que se torna cada vez menor. Assim, vista da Lua, essa superfície parece 14 vezes mais luminosa do que a do plenilúnio, pois é 14 vezes mais vasta. Observada do planeta Vênus, daria a aparência do mesmo brilho que tem Júpiter, visto da Terra. Contemplada de Marte, converte-se em estrela da manhã e do crepúsculo vespertino, oferecendo fases iguais às que Vênus apresenta. Assim, embora não tenha brilho próprio, brilha de longe, a exemplo da Lua e dos planetas, pela luz que recebe e reflete do Sol no espaço. Ora, assim como os acontecimentos de Netuno sofrem um atraso de quatro horas, vistos da Terra, assim também os da Terra passam pela mesma demora quando observados da órbita de Netuno. Por isso, de Capela, a Terra é vista com aquele dito retrocesso de sete decênios, aproximadamente.

Quœrens – Por muito estranhos e raros que sejam esses aspectos para mim, compreendo agora perfeitamente por que, transportado à estrela Capela, não vistes a Terra no seu aspecto de 1864, data da vossa morte, mas na situação de janeiro de 1793, porque a luz gasta 872 meses para atravessar o abismo que separa o globo terrestre daquela estrela. E compreendo, com a mesma clareza, não se tratar de uma visão ou de um fenômeno de memória, nem de um ato maravilhoso ou sobrenatural, mas de um fato presente, positivo, natural e evidente; e que, com efeito, quanto ocorrera na Terra, havia muito, só então poderia chegar ao conhecimento do observador colocado àquela longitude. Permiti, porém, que eu intercale uma questão incidente. Para que, procedendo da Terra, testemunhásseis esses fatos, foi indispensável franquear tal distância, do nosso mundo à Capela, com velocidade maior do que a da própria luz?

Lúmen – Sobre isso já vos falei quando disse que eu acreditava tê-la transposto com a rapidez do pensamento, e que, no dia mesmo da minha morte, eu me encontrei no sistema daquela estrela — que tanto apreciei e admirei durante a minha estada na Terra. A velocidade da gravitação poderá dar uma imagem do que é a do pensamento, pois, vós o sabeis, é quase instantânea.

Quœrens – Ainda uma objeção. Para que se possa ver, assim, de tão alto, a superfície do nosso globo, é necessário estar o céu puro, sem nuvens e sem brumas?

Lúmen – Não, não é indispensável. Órgãos especiais podem ver por meio de corpos opacos. A luz visível não é a única que existe: há raios invisíveis percebidos, por exemplo, pela fotografia.

Quœrens – Ah! mestre, verdadeiramente, embora tudo se explique assim, tal visão não é menos estupenda. Em verdade, é um fenômeno extraordinário esse de ver — atualmente — o passado presente e de não o poder ver senão por esse modo pasmoso, e ainda o de não poder ver os astros tal qual o são no momento em que são examinados, nem tampouco vê-los tal qual foram — simultaneamente —, e sim apenas o que foram em épocas diversas, segundo suas distâncias e o tempo que a luz de cada um gastou para chegar à Terra! Assim, nenhum olhar humano vê o Universo sideral tal qual é!

Lúmen – O espanto legítimo que experimentais na contemplação dessa verdade, meu amigo, é apenas o prelúdio, ouso dizê-lo, do que vai agora aprender. Sem dúvida, parece, à primeira vista, muito extraordinário que, distanciando-se bastante no espaço, encontre alguém maneira de assistir realmente a acontecimentos de eras desaparecidas e ressubir o rio do passado. Mas não reside nisso o fato que tenho a comunicar e que ides achar mais imaginário ainda se quiserdes ouvir mais extensamente a narrativa da jornada que se seguiu à minha libertação do cárcere terrestre.

Quœrens – Falai, eu vos peço, estou sequioso de vos escutar.

III

Lúmen – Depois de haver desviado meu olhar das cenas sangrentas da Praça da Revolução, eu me senti atraído para uma habitação de antiquado estilo, fazendo face para a Notre Dame, e situada no terreno ora ocupado pelo átrio. Diante da porta interior (para-vento), havia um grupo de cinco pessoas, que estavam meio deitadas sobre bancos de madeira, cabeça descoberta exposta ao Sol. E porque pouco depois se levantassem e se dirigissem a seus lugares, reconheci em uma a pessoa de meu pai, tão moço qual jamais eu imaginara, minha mãe, mais jovem ainda, e um de meus primos, falecido no mesmo ano da morte de meu pai, aproximadamente há 8 lustros. É difícil, à primeira vista, reconhecer as pessoas, pois, em vez de serem vistas de face, são olhadas do alto, como que de um andar superior. Não me surpreendeu muito tal encontro. Recordei-me então ter ouvido dizer, na minha juventude, que meus parentes residiam, antes do meu nascimento, na Praça Notre Dame.

Com estupefação maior no sentir do que no poder expressar, senti minha vista fatigada e cessei de distinguir qualquer coisa, tal qual nuvens se houvessem estendido sobre Paris. Acreditei, por minutos, que um turbilhão me arrastava. De resto, já o haveis decerto compreendido, não tinha mais a noção do tempo.

Quando revi distintamente os objetos, notei um grupo de crianças correndo na Praça do Panteão. Esses colegiais me pareciam saídos da aula, pois conduziam bolsas e livros, e tinham a aparência de regressar aos lares, saltitando e gesticulando. Dois entre eles atraíram minha atenção em especial, porque pareciam alterados por uma rixa qualquer e começavam uma luta particular. Um terceiro avançou para separá-los, mas recebeu um encontrão de ombros que o atirou ao chão. No mesmo instante, vi uma senhora correr para o menino. Era minha mãe. Ah! jamais, nunca, em meus 72 anos de existência terrestre, entre todas as peripécias, todos os espantos, todos os golpes imprevistos, todas as bizarrias de que foi tal existência pontilhada, entre todos os acontecimentos, todas as surpresas, acasos da vida — jamais experimentei comoção igual à que me sacudiu — quando, nesse menino, me reconheci *eu mesmo!*

Quœrens – Vós mesmo?

Lúmen – Sim, eu mesmo. Com os meus louros cabelos cacheados, aos 5 de idade, meu lencinho bordado pelas mãos daquela mãe que correra a me acudir, minha blusinha azul celeste e meus punhos sempre amarrotados. Estava lá, o mesmo menino do qual vistes a imagem meio esvaecida na pequena miniatura colocada na lareira. Minha mãe veio, tomou-me nos braços, ralhando a meus camaradas, e me conduzia pela mão à nossa casa, então situada na abertura atual da Rua do Ulm. Depois, vi que, tendo atravessado o interior, nos achamos ambos num jardim onde havia muita gente.

Quœrens – Mestre, perdoai uma reflexão crítica. Confesso que me parece impossível que alguém possa ver-se a si mesmo! Vós não vos podeis tornar em duas pessoas. E uma vez que havíeis atingido a idade sctuagenária, a vossa condição infantil fora para o passado, estava desaparecida, anulada desde muito. Vós não podíeis ver uma coisa inexistente. Pelo menos, não posso compreender que, sendo velho, vos fosse possível ver a própria personalidade com a idade atual de criança.

Lúmen – Qual razão vos impede de admitir esse ponto no mesmo grau dos precedentes?

Quœrens – Porque ninguém se pode ver, num duplo, simultaneamente, criança e velho!

Lúmen – Vós não raciocinais de modo completo, meu amigo. Haveis assimilado o fato geral, para admiti-lo, mas não observastes suficientemente que esse último fato cabe de modo completo no primeiro. Admitis que o aspecto da Terra despende 864 meses para chegar a mim, não é certo? Que os acontecimentos não me chegam senão com esse intervalo de tempo para sua atualidade? em uma palavra, que eu vejo o mundo tal qual ele era naquela época. Admitireis paralelamente que, vendo as ruas de tal tempo, eu veja, na mesma ocasião, os meninos que corriam então nas ditas ruas. Não está bem esclarecido?

Quœrens – Inteiramente.

Lúmen – Muito bem! Então, se eu vejo o grupo de crianças e eu fazia parte dessa infância, por que pretendeis não me veja tão bem quanto as outras?

Quœrens – Mas vós não estais mais nesse grupo!

Lúmen – Ainda uma vez, esse grupo não existe mais, atualmente; mas eu o vejo tal qual existia à época em que partiu o raio luminoso que hoje me chegou. E desde que diviso os 15 ou 18 meninos componentes do todo, não há razão para que o menino que era eu desaparecesse, pelo fato de ser eu mesmo quem observa. Outros observadores vê-lo-iam em companhia desses camaradas. Por que quereis que houvesse uma exceção quando eu próprio olho? Eu os vejo a todos, e a mim com eles.

Quœrens – Eu não havia apreendido inteiramente o caso. É a evidência, com efeito. Abrangendo um grupo de crianças do qual fizestes parte, não poderíeis deixar de ver a vós próprio, já que víeis a todos os outros.

Lúmen – Ora, compreendereis em que estranha estupefação devia precipitar-me uma tal visão? Esse menino era bem eu, em carne e osso, segundo a expressão vulgar e significativa. Era eu no início do meu segundo lustro de idade. Eu me via tão bem quanto os companheiros do jardim que brincavam comigo. Não era miragem, visão, espectro, reminiscência, ilusão: era realidade pura, positivamente a minha personalidade, meu pensamento, meu corpo. Estava lá, sob meus olhos. Se meus outros sentidos tivessem tido a perfeição da minha vista, parece-me que eu teria podido tocar-me e ouvir-me a mim próprio. Eu saltava naquele jardim e corria em torno do lago rodeado de balaustrada. Algum tempo depois, meu avô me colocou sobre os joelhos e me fez ler em um grande livro.

Mas, basta! Renuncio descrever essas impressões. Deixo-vos o cuidado de as experimentar em vós mesmo, se estais bem identificado com a realidade física desse fato, e me limito a declarar que jamais semelhante surpresa caiu sobre minha alma.

Uma reflexão principalmente me atarantou. Eu me dizia: esse menino sou eu, e bem vivo. Ele cresceu e deve viver mais 11 vezes a idade que tem. Sou eu, real e incontestavelmente, eu mesmo. E, de outro lado, eu que estou aqui com os 72 de vida terrestre, eu que penso e vejo essas coisas, sou tanto eu quanto sou essa criança. Eis-me, pois, em dois: lá embaixo, na Terra; aqui, em pleno Espaço. Duas pessoas completas, e não menos distintas uma da outra. Observadores, colocados onde estou, poderiam ver esse menino no jardim tal qual o vejo e também me ver igualmente aqui: a mim, em dois. É incontestável. Minha alma está nessa criança e igualmente aqui; é a mesma, a alma única, animando, no entanto, esses dois seres. Que estranha realidade! E não posso dizer que me engano, que estou em ilusão, que um erro óptico me domina. Ante a Natureza e ante a Ciência, eu me vejo ora menino e ora velho, lá e aqui... lá, descuidoso e alegre; aqui, pensativo e emocionado.

Quœrens – É estranho realmente.

Lúmen – É positivo. Buscai, na criação inteira, e encontrareis um paradoxo mais notável do que esse?

Ora, que é o tempo? Suponde que um octogenário tem diante do olhar dois retratos representando, o primeiro, seu pai quando infante, saindo do primeiro lustro de idade, por exemplo, e o segundo, ele próprio, na idade atual de 80. Onde está a criança, onde está o velho? Sem dúvida, o genitor está mais idoso do que ele, mas esse tempo já passou, pois o genitor já faleceu. Suas duas existências foram sucessivas; é tudo que poderíamos dizer. Ante esses dois retratos, o pai é a criança, e a criança, um avô. Visto de mais longe, desaparecido o tempo, o passado dá lugar a um presente perpétuo. O tempo desaparece também em astronomia.

Eu vos dizia há pouco que ocasiona bastante fadiga mensurar as posições precisas de pares de estrelas duplas que não existem mais. A luz que recebeis hoje partiu há séculos e séculos, e desde essa época o par foi destruído por uma conflagração cósmica que vereis dentro de um milênio. Mas estudais, apesar disso, o inexistente e, muitas vezes, com verdadeira paixão. Não vos importa. Isso, aliás, é um prazer matemático. Não é inútil refletir a respeito dessas verdades: elas nos elevam acima das contingências pueris da vida.

Que acrescentarei agora à minha narrativa? Eu me segui, assim, crescendo na vasta cidade parisiense. Eu me vi, em 1804, ingressando no colégio e fazendo minhas estreias no momento em que o primeiro cônsul se coroava com a dignidade imperial. Conheci essa fronte dominadora e pensativa de Napoleão num dia em que passou em revista o Champ-de-Mars.[8]

Não me havendo jamais encontrado em sua presença, fiquei satisfeito em vê-lo atravessar meu campo atual de observação. Em 1810, eu me revi na formatura da Escola Politécnica e em palestra no pátio com o melhor dos meus camaradas, Francisco Arago. Esse jovem já pertencia ao instituto e substituía monge na escola, devido ao jesuitismo de Binet, do qual o Imperador se queixava. Encontrava-me, desse modo, na plenitude dos brilhantes tempos da minha adolescência e dos meus projetos de viagem de exploração científica, em companhia de Arago e Humboldt, viagens que este decidiu empreender sozinho. Depois, eu me reconheci, mais tarde, sob os Cem Dias,[9] atravessando rapidamente o pequeno bosque do velho Luxemburgo, a Rua do Este e a aleia do jardim da Rua de Saint-Jacques, e vendo acorrer minha bem-amada para me receber sob os lilases em flor. Doces horas de solitude a dois, de confidências de coração, silêncios da alma, transportes

---

[8] N.E.: O Campo de Marte é uma enorme área verde localizada entre a Torre Eiffel e a Escola Militar, nele está localizado o Arco do Triunfo de Carrossel, monumento idealizado como homenagem à Grande Armada de Napoleão Bonaparte.

[9] N.E.: Nome dado ao último período do reinado de Napoleão I e que vai de 20 de março de 1815 — dia em que chegou a Paris, retornando do seu exílio na Ilha de Elba — e 8 de julho, quando seu exército é vencido na Batalha de Waterloo.

do amor, efusões da tarde — vós vos oferecestes à minha vista emocionada, não mais no grau de saudades longínquas, porém na vossa atualidade absoluta!

Assisti de novo ao combate dos aliados na colina de Montmartre, à sua descida na capital, à queda da estátua da Praça Vendôme, arrastada nas ruas, por entre gritos de alegria, ao campo dos ingleses e dos prussianos nos Champs-Élysées, à devastação do Louvre, à viagem de Gand, à reentrada de Luís XVIII! A bandeira da ilha de Elba flutua sob meus olhares e, mais tarde, porque buscasse no Atlântico a ilha solitária onde a águia fora acorrentada, asas quebradas, a rotação do Globo aproximou de minha vista Sainte-Helena, onde identifiquei o Imperador, imaginando junto de um sicômoro.

Assim passou cada ano presente ao meu olhar. Acompanhando sempre a minha própria individualidade, no meu casamento, nas minhas iniciativas, minha vida de relação, minhas viagens, estudos, etc., assisti ao desenvolvimento da história contemporânea. À restauração de Luís XVIII, sucede o governo efêmero de Carlos X. As jornadas de julho de 1830 mostraram as suas barricadas e, não longe do trono do Duque de Orleans, vi aparecer a Coluna da Bastilha. Rapidamente passaram esses 216 meses. Apercebi-me no Luxemburgo, nessa avenida magnífica que fora aberta por Napoleão e substituíra velhos mosteiros. Revi Arago no Observatório e a turba que se apertava às portas do novel anfiteatro. Reconheci a Sorbona de Gousin e de Guizot. Depois, meu coração se constringiu ao ver passar o enterro de minha mãe, senhora austera e talvez um pouco severa demais em seus julgamentos, porém que eu sempre muito amei, conforme sabeis. A singular pequena Revolução de 1848 surpreendeu-me não menos vivamente do que quando me pareciam ser os próprios acontecimentos. Reconheci, na Praça da Bolsa, Lamoricière, falecido no ano passado, e, nos Champs-Elysées, Cavaignac, também já desaparecido há um lustro mais ou menos. O 2 de dezembro[10] veio encontrar-me observador na minha estação celeste, tal qual eu o havia sido na minha torre

---

[10] N. E.: Marca o dia em que Luís Bonaparte se autointitulou Napoleão III e proclamou o Segundo Império francês.

solitária, e, sucessivamente, se escoaram assim acontecimentos que me haviam emocionado e outros de mim desconhecidos.

Quœrens – E esses acontecimentos passavam com rapidez ante vosso olhar?

Lúmen – Não saberia apreciar a medida do tempo, mas todo esse panorama retrospectivo se sucedeu, decerto, em menos de um dia... ou horas, talvez.

Quœrens – Nesse caso, não compreendo melhor! Perdoe a um velho amigo esta interrupção um tanto viva; mas, segundo havia imaginado, pareciam-me ser os próprios acontecimentos que se apresentavam aos vossos olhos, e não um simulacro. Unicamente, em virtude do tempo necessário ao trajeto da luz, esses sucessos estavam atrasados quanto ao momento da sua ocorrência. Se, pois, 864 meses terrestres passaram sob vosso olhar, eles deviam ter gastado esse período de tempo para vos aparecerem, e não algumas horas. Se o ano 1793 vos surgiu em 1864, o ano de 1864, em retrocesso, não deveria, consequentemente, aparecer antes de 1936.

Lúmen – Vossa objeção nova tem fundamento e demonstra que haveis perfeitamente compreendido a teoria desse fato. Sei que estais satisfeito por havê-la formulado. Também vou explicar por que não me foi necessário aguardar 864 novos meses para rever minha vida, e por que, sob o impulso de uma força inconsciente, eu a pude rever em menos de um dia. Continuando a seguir o desenrolar da minha existência, cheguei aos últimos tempos, notáveis pela transformação radical feita em Paris. Vi meus velhos e queridos amigos, vós inclusive, minha filha e seus lindos filhinhos, minha família e meu círculo de conhecidos; e, enfim, chega o momento em que, pela percepção dos raios ultravioleta atravessando os mundos, eu me vi deitado no meu leito de morte. Penetrei na câmara mortuária e assisti à derradeira cena, o que equivale a dizer que eu regressara à Terra.

Atraída pela contemplação que a empolgava, minha alma havia depressa esquecido a montanha dos anciões e Capela. Tal qual acontece por vezes em sonho, abalava-se com o que via. Disso não me apercebi imediatamente, tanto a estranha visão absorvera todas as minhas faculdades.

Não vos posso explicar qual o poder que permite às almas transportarem-se tão rapidamente de um lugar a outro, mas a verdade é que eu voltara à Terra em menos de um dia e que penetrei em meu aposento de dormir no preciso momento de ser amortalhado.

Como em tal viagem de regresso caminhava ao encontro de raios luminosos, eu encurtava sem cessar a distância que me separava da Terra. A luz tinha cada vez menos percurso a vencer e restringia assim a sucessão dos acontecimentos. No meio do caminho, os raios luminosos, chegando-me apenas com a metade do atraso (432 meses), não mais me mostravam a Terra dos 864 anteriores, mas a daquela metade de tempo. Nas três quartas partes do percurso, os aspectos eram os de 216 meses de retardo. Na metade do último quarto do tempo, chegavam com a diferença de 108 meses decorridos, e assim por diante, de modo que a minha existência se condensou em menos de um dia em consequência da volta rápida de minha alma vindo ao encontro dos raios luminosos.

Quœrens – Essa combinação de marchas não é menos estranho fenômeno!

Lúmen – Não vos acode ao espírito outras objeções, ouvindo-me?

Quœrens – Confesso que essa combinação foi a última, ou pelo menos me intrigou de modo a excluir qualquer outra no momento.

Lúmen – Eu vos farei notar a existência de umas outras, astronômicas, que revelarei imediatamente para que não reste dúvida. Tal combinação depende do movimento da Terra. Não somente o movimento diurno do globo deveria impedir-me de bem apanhar a sucessão dos fatos, mas também esse movimento, sendo desmesuradamente acelerado pela rapidez do meu regresso rumo à Terra, e 864 meses escoando-se em menos de um dia — refleti ser surpreendente que eu de tal não me apercebesse. Mas, tendo visto apenas um número relativamente restrito de paisagens, de panoramas e de fatos, é provável que, retornado ao nosso planeta, eu me mantivesse, por muito rápidos instantes isolados, sobre pontos que sucessivamente me interessaram. De qualquer modo, devia render-me à evidência e constatar que, sem fadiga, havia assistido à sucessão célere dos sucessos do século e da minha própria existência.

Quœrens – Essa dificuldade não me escapara, e pensei que haveis navegado no espaço à maneira de um balão arrastado pela rotação do globo. Certo, a inconcebível rapidez com que deveis ter sido levado é das de causar vertigens, mas não me limito a essa hipótese, meditando sobre vossa afirmativa.

Assinalando que a vossa visão e a vossa insciente aproximação da Terra eram devidas à intensidade de atenção sobre o ponto do globo onde vos víeis de novo, não é inadmissível que vos mantivésseis constantemente preocupado com o dito ponto.

Lúmen – A esse respeito, não vos afirmo coisa alguma, pois de tal permaneci inconsciente, mas, sobre isso, penso diferente. Não revi todos os acontecimentos da minha existência, mas apenas um pequeno número dos principais, que, sucessivamente escalonados, me mostraram o conjunto da minha vida. Apresentaram-se quase todos sobre o mesmo raio visual. Tudo quanto sei é que a atenção indizível que me prendia soberana e imperiosamente à Terra agia na forma de uma corrente que me religasse a ela, ou, se preferis a expressão, com o poder dessa força ainda misteriosa da atração dos astros, em virtude da qual os pequenos tombariam diretamente sobre os mais importantes, se não fossem retidos nas suas órbitas pela força centrífuga.

Quœrens – Cogitando sobre esse efeito da concentração do pensamento relativamente a um ponto único, e sobre a atração real que ele sofre logo, com relação a esse ponto, creio assinalar que aí está o eixo principal do mecanismo dos sonhos.

Lúmen – Dissestes a verdade, meu amigo, e vos posso afirmar, eu, que, durante largo tempo, fiz dos sonhos o assunto especial de minhas observações e estudos. Quando a alma, liberta das atenções, preocupações e tendências corporais, vê em sonho um objeto que a encanta e para o qual se sente atraída, tudo desaparece em torno de tal objeto — que permanece só e se constitui o centro de um mundo de criações; ela o possui inteiramente e sem reservas, contempla-o, dele se apossa e o faz seu, o Universo inteiro se apaga da reminiscência para deixar um domínio absoluto ao objeto da contemplação da alma e, tal qual me aconteceu em meu regresso à Terra, não vê mais do que o dito objeto, acompanhado das ideias e das imagens que engendra e faz sucessivamente surgir.

Quœrens – Vossa rápida viagem a Capela e vosso regresso não menos veloz à Terra tinham, pois, por fundamento causal essa lei psicológica, e agistes mais livremente ainda do que em sonho, porque vossa alma não mais estava peada pelas engrenagens do organismo. Recordo-me de que, em nossas conversações passadas, vós, com efeito, dissertastes muitas vezes a respeito da força da vontade. Assim, pudestes retornar ao leito de morte antes que vosso envoltório mortal fosse sepultado.

Lúmen – Regressei e bendisse as saudades sinceras da minha família, acalmei as dores da nossa amizade ferida, esforcei-me por inspirar em meus filhos a certeza de que eu não era mais aquele envelope mortal e que eu habitava a esfera dos Espíritos, o Espaço Celeste, infinito e inexplorado.

Assisti ao meu próprio enterro e assinalei aqueles que se diziam meus amigos e que, por uma ocupação de medíocre importância, não se deram ao incômodo de levar meus despojos terreais à derradeira morada. Ouvi as variadas conversações que versavam sobre o meu cortejo funerário. Pareceu-me que muitos se entretinham principalmente com os seus interesses personalíssimos, mas verifiquei a presença de irmãos de pensamento no convívio dos quais sempre me encontrava e, embora nesta região de paz não tenhamos avidez de elogios, eu me senti feliz ao constatar que uma suave lembrança da minha passagem pela Terra lhes havia ficado na memória.

Quando a pedra do túmulo caiu e separou a terra dos mortos da terra dos vivos, dei um derradeiro adeus ao meu pobre corpo adormecido e, porque o Sol já descesse para o seu leito de púrpuras franjado de ouro, permaneci na atmosfera até a noite próxima, mergulhado na admiração dos belos espetáculos que se desdobravam nas regiões aéreas. A aurora boreal estendia por cima do polo o seu turbante prateado, estrelas errantes choviam de Cassíope, e a lua cheia, vagarosa, se elevava no Oriente qual um novo mundo surgindo das ondas. Vi Capela cintilante, que me fixava com o seu luminoso olhar tão vivo, e distingui as coroas que a circundavam, príncipes celestes de uma divindade. Então, esqueci de novo a Terra, a Lua, o sistema planetário, o Sol, os cometas, para me deixar prender sem reservas à intensa atração da refulgente estrela, e fui transportado no seu rumo pela ação do meu desejo com uma rapidez maior do que a das setas elétricas. Depois de algum tempo, cuja duração não me foi possível verificar, cheguei ao mesmo anel e à montanha onde estivera na antevéspera e vi os anciões ocupados no seguimento da história da Terra no período retardado de 860 meses. Estavam vendo os acontecimentos da cidade de Lion do dia 23 de janeiro de 1793.[11]

Confessar-vos-ei qual a causa misteriosa da minha atração para com a estrela Capela? Maravilha! Existem na Criação ligações invisíveis que não se rompem, qual acontece com os laços mortais, correspondências íntimas que subsistem entre as almas, apesar da separação pelas distâncias. Na noite desse segundo dia, porque a lua esmeralda se incrustasse no terceiro anel de ouro (tal é a medida sideral do tempo), surpreendi-me percorrendo solitária avenida envolta de flores e perfumes. Flutuei nela alguns instantes, quando vi aproximar-se de mim a minha tão amada e cara Eivlys. Estava linda qual outrora. As primaveras desaparecidas resplenderam ante meus olhos. Não me deterei a descrever a alegria de tal reencontro, pois não é cabível aqui, e talvez um dia nos entretenhamos em falar a respeito das afeições ultraterrestres que sucedem às da vida carnal. Desejo apenas salientar, a propósito do reencontro em ligação com essa tese, que bem depressa procuramos juntos, no Céu, a Terra — a nossa pátria adotiva, onde desfrutáramos dias de paz e ventura. Estimamos, com efeito, dirigir nossos olhares rumo a esse ponto luminoso onde a nossa condição atual nos permitia distinguir um mundo. Sentíamos prazer em consorciar o passado da nossa saudade ao presente que nos chegava nas asas da luz. E no êxtase em que nos mergulhava essa singularidade tão nova para ambos, buscávamos ardentemente ressurgir ante a vista os

---

[11] N.E.: A Revolta de Lyon foi um dos fatos que marcaram o período do Terror, durante a Revolução Francesa, e que fez da cidade palco de selvagens castigos e destruição. Ocorreu de junho a novembro de 1793, podendo esse período ser dividido em três partes: a revolta da cidade, a luta e, finalmente, a repressão. É considerada uma das mais sangrentas páginas da Revolução Francesa.

acontecimentos da nossa mocidade. Assim, revimos, então, os amados tempos do nosso primeiro amor, o pavilhão do convento, o jardim florido, os passeios dos arredores de Paris, tão faceiros e formosos, e nossas viagens, sozinhos os dois, aos campos. Para reconstruir esses períodos, bastava avançarmos, juntos, no espaço, em direção à Terra, até as regiões em que tais aspectos, trazidos pela luz, estavam gravados. Aí tendes revelada, meu amigo, a estranha observação que vos havia prometido. Eis a aurora que se avizinha, e já a estrela de Lúcifer empalidece sob a alba rósea. Volto às constelações...

Quœrens – Ainda uma palavra, ó Lúmen, antes de findar esta palestra. Uma vez que os aspectos terrestres só se transmitem sucessivamente no espaço, deve haver, pois, um presente perpétuo para as vistas escalonadas nesse espaço até um limite fronteirado apenas pela extensão da visão espiritual.

Lúmen – Sim, meu amigo. Coloquemos, por exemplo, um primeiro observador na distância da Lua: ele se aperceberá dos fatos terrestres um segundo e 1/4 depois de ocorridos. Situemos um outro em distância quádrupla: esses acontecimentos sofrerão uma demora de cinco segundos. Um terceiro os verá com a diferença de dez segundos. A uma distância dupla ainda da precedente, o quarto observador os distinguirá com o intervalo de vinte segundos. E assim sucessivamente. À distância do Sol, já existe uma diferença de oito minutos e treze segundos. Com relação a certos planetas, a demora será de muitas horas, conforme assinalamos já. Mais longe, são necessários dias inteiros. Para além ainda, meses, mais de um ano. Das estrelas mais próximas, só se percebem os acontecimentos terráqueos um, dois lustros depois de realizados. Há estrelas bastante longínquas, as quais a luz atinge com o retardo de alguns séculos e mesmo em dezenas de séculos. Nebulosas existem onde a luz chega somente depois de uma viagem de milhões de ciclos anuais.

Quœrens – De sorte que, para ser testemunha de ocorrências históricas ou geológicas dos tempos passados, bastaria que esses observadores se afastassem suficientemente. Não se poderia rever verdadeiramente o dilúvio, o paraíso terrestre, Adão e...

Lúmen – Já vos disse, meu velho amigo, que a chegada do Sol ao hemisfério põe em fuga os Espíritos. Uma segunda palestra permitirá aprofundar melhor um assunto do qual só vos pude apresentar hoje o esquema geral e que é fértil em novos horizontes. As estrelas me chamam e já desapareceram. Adeus, Quœrens, adeus.

Segunda narrativa[12]
Refluum temporis

Quœrens – As revelações interrompidas pela aurora, ó Lúmen, deixaram, desde então, minha alma ávida de penetrar mais fundo o singular mistério. De igual modo que a criança a quem se mostrou um fruto saboroso deseja nele meter gulosamente os dentes e, quando prova, mais deseja, minha curiosidade procura novos júbilos nos paradoxos da Natureza. É acaso temerária indiscrição submeter-vos algumas questões complementares que meus amigos me comunicaram desde o dia em que os fiz participantes da nossa conversação? E posso pedir que continueis a narrativa das vossas impressões de Além-Terra?

Lúmen – Não posso, meu amigo, consentir em tal curiosidade. Embora perfeitamente disposto que seja vosso Espírito para bem receber minhas palavras, estou persuadido, não obstante, de que as particularidades do meu assunto não vos tocaram harmonicamente, não tiveram todas aos vossos olhos a evidência da realidade. Acusaram de mística a minha narrativa. Não compreendram que aqui não existe romance, nem fantasia, e sim uma verdade científica, um fato físico, demonstrável e demonstrado, indiscutível, e que é tão positivo quanto a queda de um aerólito ou a translação de um projétil de canhão. O motivo que vos impediu, a vós, de bem apreender a realidade do fato reside em que o caso se desenrola fora da Terra, numa região estranha à esfera de vossas impressões e não acessível aos sentidos terrestres. É natural que não compreendais (perdoai minha franqueza, mas no

---
[12] N.E.: Escrita em 1867.

mundo espiritual predomina a franqueza: os pensamentos são mesmo visíveis). Só compreendeis o que pertence ao mundo das vossas impressões. E porque estais propensos a ter por absolutas as vossas ideias a respeito do tempo e do espaço, que são relativas, tendes o entendimento fechado às verdades que residem fora da vossa esfera e que não se acham em correspondência com as vossas faculdades orgânicas terrestres. Assim, meu amigo, eu vos prestarei meritório serviço, prosseguindo a narrativa das minhas observações extraterrenas.

Quœrens – Não é por espírito de curiosidade, crêde-me sinceramente, ó Lúmen, que me permito evocar-vos do alto do mundo invisível, onde as almas superiores devem fruir inenarráveis júbilos. Compreendi, melhor do que a vossa acusação o admite, a grandeza do problema, e é sob a inspiração de uma avidez estudiosa que procuro aspectos mais novos ainda do que os precedentes (se assim me posso expressar), ou melhor, mais grandiosos e mais difíceis de compreender ainda. À força de refletir, cheguei a crer que quanto sabemos é nada, e o que ignoramos é tudo. Estou, pois, disposto a tudo acolher e, por isso, vos peço: deixai-me partilhar das vossas impressões.

Lúmen – Em verdade, meu amigo, eu vo-lo asseguro, ou não estais muito disposto a entendê-las, ou estais. No primeiro caso, não as compreendereis; na segunda hipótese, sereis muito crédulo e não lhes apreciareis o valor. Por isso, volto...

Quœrens – Ó meu companheiro querido dos dias terrestres!...

Lúmen – Além de tudo, os fatos que eu teria de narrar são muito mais extraordinários do que os precedentes.

Quœrens – Eu sou a semelhança de Tântalo no centro do seu lago, na mesma condição dos Espíritos do vigésimo quarto canto do Purgatório, igual aos braços estendidos para os pomos odorantes das Hespérides, na ânsia do desejo de Eva...

Lúmen – Algum tempo depois da minha partida da Terra, os olhos de minha alma se voltaram melancolicamente para esta pátria quando atento exame sobre a interseção do 45º grau de latitude boreal e do 35º de longitude mostrou-me um cinzento triângulo de terra firme, acima do mar Negro, o bordo do qual, o oeste, um triste grupo de pobres irmãos meus terrestres se entrematavam encarniçadamente. Entreguei-me à meditação sobre a barbárie dessa instituição pseudogloriosa — a guerra, que ainda pesa sobre vós — e reconheci que, nesse recanto da Crimeia, sucumbiam 800 mil homens, ignorando a causa do seu mútuo massacre. Nuvens passaram sobre a Europa. Estava agora, não em Capela, mas no espaço, entre essa estrela e a Terra, na metade da distância de Vega, e, saído da Terra desde algum tempo, eu me dirigia a um montão de estrelas que se distingue, da vossa pátria, à esquerda do astro precedente. Meu pensamento, no entanto, de tempos em tempos, retornava para a Terra. Um pouco depois da observação de que falei, meu olhar, incidindo sobre Paris, foi surpreendido ao ver a capital presa de uma insurreição popular. Examinando com atenção acurada, divisei barricadas nos bulevares, próximo da Prefeitura Municipal, nas ruas extensas, e cidadãos alvejando-se mutuamente a golpes de fuzil. A primeira ideia que me ocorreu foi a de que uma nova revolução se processava aos meus olhos e que Napoleão III fora derrubado do trono imperial, mas, por uma correspondência secreta das almas, minhas vistas foram atraídas para certa barricada do arrabalde de Santo Antônio, na qual estava estendido o arcebispo Denis-Auguste Affre, que eu conhecera ligeiramente. Seus olhos extintos miravam, sem ver, o céu onde me encontrava, e sua mão segurava um galho verde. Estavam, pois, ante mim, os dias de 1848 e, em particular, o 25 de junho.[13] Alguns instantes (ou horas, talvez) se escoaram, durante os quais minha imaginação e meu raciocínio buscaram, pela ordem natural, a explicação de tal fato particular: ver 1848 depois de 1854, quando meu olhar, de novo atraído para a Terra, assinalou uma distribuição de bandeiras tricolores em extensa praça da cidade de Lyon. Procurando distinguir a personagem oficial que fazia tal distribuição, consegui identificar os uniformes e recordei-me de que, depois da ascensão de Luís Filipe, o jovem Duque de Orleans havia sido enviado a aplacar as agitações da capital da indústria francesa. Conclui-se disso que, após 1854 e 1848, estava diante do meu olhar um acontecimento ocorrido em 1831. Pouco mais tarde, minha visão incidiu sobre Paris

---

[13] N.E.: Data em que ocorreu uma revolta dos operários fabris, que estavam descontentes com o regime governamental autocrático, atingidos pelas crises econômicas e pela falta de representação política.

em dia de festa. Gordo rei, de abdômen proeminente, face corada, era conduzido em caleche suntuosa e atravessava nesse momento a Ponte Nova. O tempo era magnífico. Jovens vestidas de branco estavam dispostas, qual corbelha de alvos lilases, sobre o terrapleno da ponte. Estranhos animais, coloridos de nuanças claras, corriam ao longo de Paris. Era evidentemente a reentrada dos Bourbons em França. Eu não teria compreendido essa última particularidade se não houvesse recordado que, em tal ocasião, tinham sido lançados para os ares artísticos balões em forma de animais. Vistos do alto do céu, pareciam correr desajeitadamente sobre os telhados das casas. Rever um acontecimento transcorrido eu compreendia, explicando-o pelas leis da luz, mas rever esses eventos em sentido contrário à sua ordem real, eis o que me parecia fantástico e mergulhava o meu entendimento numa estupefação crescente. No entanto, estando os fatos diante dos meus olhos, não os podia negar e excogitava, por isso, qual a hipótese que poderia dar conta de semelhante singularidade.

A primeira hipótese foi esta: é sem dúvida alguma a Terra que estou vendo, e, por um secreto destino, somente de Deus conhecido, a história de França repassa proximamente pelas mesmas fases já atravessadas. A nação avançou até um certo *maximum* que acaba de fulgir às vistas maravilhadas dos povos, e eis que retorna rumo às suas origens por uma oscilação que pode existir à semelhança das variações da agulha imanada das bússolas, a exemplo dos movimentos dos astros. As personagens que me pareceram ser no momento o Duque de Orleans e Luís XVIII são talvez outros príncipes que estão repetindo exatamente quanto os primeiros fizeram.

Tal hipótese, todavia, me pareceu pouco verossímil, e me detive em outra mais racional.

Dada a multidão de estrelas e de planetas que gravitam em torno de cada uma delas, perguntava-me eu qual a probabilidade para que se encontre no espaço um mundo exatamente igual à Terra.

O cálculo das probabilidades responde a essa questão. Quanto maior o número dos mundos, maior será a probabilidade de que as forças da Natureza hajam dado origem a uma organização semelhante à terrestre. Ora, o número exato dos mundos ultrapassa toda a numeração humana escrita ou passível de ser escrita. Se compreendemos o Infinito, ser-nos-á talvez permitido dizer que esse número é infinito. Daí concluir eu que há muita alta probabilidade em favor da existência de muitos mundos exatamente semelhantes à Terra, na superfície dos quais se realiza a mesma história, a mesma sucessão de acontecimentos, e que se acham habitados pelas mesmas espécies vegetais e animais, a mesma Humanidade, os mesmos homens, as mesmas famílias, identicamente.

Perguntei-me, em segundo lugar, se tal mundo, sendo análogo à Terra, não lhe poderia ser simétrico. Aqui ingressava eu na geometria e na teoria metafísica das imagens. Cheguei a admitir possível que o mundo em questão fosse semelhante à Terra, todavia, inverso. Quando vos examinais diante de um espelho, vereis que o anel-aliança (de casamento), posto na mão direita, passou para o dedo anular da mão esquerda, o que modifica o seu símbolo; que, se piscais o olho direito, o sósia piscará o esquerdo; que, se estendeis o braço direito, vossa imagem esticará o braço esquerdo. É impossível, pois, que, na infinidade de astros, exista um mundo exatamente inverso do orbe terráqueo? Seguramente, em uma infinidade de mundos, o impossível, ao contrário, seria não existir tal mundo, e mais facilmente milhares em vez de um. A Natureza deverá ter-se não só repetido, reproduzido, mas ainda desempenhado, sob todas as formas, o papel da Criação. Pensei, pois, que o mundo onde via essas coisas não era a Terra, e sim um globo semelhante, cuja história era precisamente o inverso da vossa.

Quœrens – Tive também a ideia de que podia ser assim. Mas não vos foi fácil ter a certeza do acontecimento e constatar que se tratava da Terra, ou se outro astro se achava sob vossa vista, examinando a respectiva posição astronômica?

Lúmen – Foi o que fiz sem tardança, e tal exame me confirmou a minha ideia. O astro onde acabava de aperceber quatro fatos análogos a outros tantos acontecimentos terrestres, porém inversos, não me pareceu estar na mesma posição primitiva. A pequena constelação do Altar não existia mais, e desse lado, onde vos recordais me aparecera a Terra no meu primeiro episódio, havia um polígono irregular de estrelas desconhecidas. Fiquei, assim, na persuasão de que não era a nossa Terra sob o meu olhar. A dúvida não me foi mais possível e persuadi-me de haver por terreno de observação um mundo muito mais curioso, uma vez que não era a Terra, e sua história parecia representar, em ordem inversa, a história do nosso mundo.

Alguns acontecimentos, é verdade, não me pareceram ter o respectivo correspondente na Terra, mas, em geral, a coincidência foi muito notável, tanto mais quanto meu desapreço aos falsos instituidores da guerra me havia feito esperar que tal burlesca e desalmada loucura não existisse em outros mundos e que, ao contrário, a maior parte dos sucessos por mim testemunhados eram ainda combates ou preparativos.

Depois de uma batalha que me pareceu muito semelhante à de Waterloo, vi a das Pirâmides. Um sósia de Napoleão imperador se tornara primeiro cônsul e vi a Revolução suceder ao Consulado. Algum tempo decorrido, notei a praça do Castelo de Versalhes repleta de carruagens de luto e, em um atalho aberto de Ville-d'Avray, reconheci o lento caminhar do botânico Jean Jacques Rousseau, o qual, sem dúvida, nesse momento, filosofava sobre a morte de Luís XV. O acontecimento que mais feriu minha atenção foi, em seguida, uma das festas de gala do começo do reino de Luís XV, dignas sucessoras das da Regência, nas quais o erário da França escorria em pérolas de água por entre os dedos de três ou quatro cortesãs adoradas. Vi Voltaire, em gorro de algodão, em seu parque de Ferney, e mais tarde Bossuet, passeando no pequeno terraço do seu palácio episcopal de Meaux, não distante da colina cortada em nossos dias pela via férrea, mas não distingui o menor traço dessa indústria. Nessa mesma sucessão de acontecimentos, via os caminhos repletos de diligências[14] e, sobre os mares, vastos navios de vela. O vapor havia desaparecido com todas as usinas que move em nossos dias. O telégrafo estava aniquilado e bem assim todas as aplicações da eletricidade. Os balões, que se tinham mostrado de tempos em tempos em meu campo de observação, se

---

[14] N.E.: Veículo puxado a cavalos, usado antigamente para transportar pessoas, bagagens e correspondências, percorrendo longas distâncias.

haviam perdido, e o último que eu vira fora o globo informe aerizado em Annonay, pelos irmãos Montgolfier, em presença dos Estados Gerais. A face do mundo estava transformada. Paris, Lyon, Marselha, Havre, Versalhes notadamente, estavam irreconhecíveis. Aquelas primeiras haviam perdido seu imenso movimento; a última tinha ganhado um brilho incomparável. Eu havia formado uma ideia incompleta do esplendor realengo das festas de Versalhes. Estava agora satisfeito por assistir a uma, e não foi sem interesse que reconheci Luís XV, em pessoa, no esplêndido terraço do Oeste, rodeado de mil senhores enfitados. Era de tarde. Os derradeiros fulgores de um ardente Sol se reverberavam na fachada palaciana e casais galantes desciam gravemente os degraus da escadaria de mármore, ou se inclinavam rumo às alamedas silenciosas e sombrias. Minha vista se limitava de preferência sobre a França, ou pelo menos na região do mundo desconhecido que me representava a França, porque é agradável estar longe, bastante longe da sua pátria, e com ela sonhar sempre, deixando que, a cada vez, a ela retorne o pensamento com júbilo. Não creiais que as almas desencarnadas sejam desdenhosas, indiferentes, libertas de toda recordação; teríamos assim bem triste existência. Não. Guardamos a faculdade de nos recordar, e nosso coração não se absorve na vida do Espírito. Foi, pois, com um sentimento de júbilo íntimo (do qual vos deixo a apreciação) que revi toda a história da nossa França desenrolar-se qual se as fases se houvessem positivado em uma ordem inversa. Depois da unificação do povo, vi a soberania de um potentado. Após isso, a feudalidade dos príncipes Mazarin, Richelieu, Luís XIII e Henrique IV apareceram-me em Saint-Germain. Os Bourbons e os Guises recomeçaram para mim as suas escaramuças. Acreditei distinguir a matança de São Bartolomeu. Alguns fatos particulares da história de nossas províncias reapareceram, tal, por exemplo, uma cena de diabruras de Chaumont, que tive ocasião de observar diante da Igreja de S. João, e o massacre dos protestantes em Vassy. Comédia humana! Muitas vezes tragédia! Subitamente, vi erigir-se no espaço o cometa magnífico em forma de sabre, de 1577. Em um plano brilhantemente adornado, divisei Francisco I e Carlos V saudando-se. Luís XI me apareceu sobre um terraço da Bastilha, acompanhado das suas duas sombras pandilheiras. Mais tarde, meus olhos, voltando-se para uma praça de Ruão, distinguiram forte fumarada e chamas. No meio delas, consumia-se o corpo de Joana d'Arc, a virgem de Orleans.

Na persuasão de que esse mundo era a exata contrapartida da Terra, eu adivinhava de antemão os acontecimentos que ia ver. Assim, quando, depois de haver avistado São Luís, que morria sobre cinzas perto de Tunis, assisti à oitava cruzada, depois à terceira (em que reconheci Frederico Barba-Roxa, com a sua barba), e ainda à primeira (na qual Pedro, o Eremita, e Godofredo me recordaram o Tasso), senti medíocre admiração. Desejei, em seguida, ver, sucessivamente, Hugo Capeto encabeçar uma procissão em pluvial de oficiante; o concílio de Tauriacum decidir que o julgamento de Deus vai pronunciar-se na batalha de Fontanet, e Carlos, o Calvo, fazer massacrar 100.000 homens e toda a nobreza merovíngia; Carlos Magno coroado em Roma, a guerra contra os saxões e lombardos; Carlo Martel martelando os sarracenos; o rei Dagoberto fazendo edificar a Abadia de Saint-Denis, assim como vi o papa Alexandre III colocar a primeira pedra de Notre Dame; Brunehaut (ou Brunhilde) arrastado, nu, pelas ruas, preso a um cavalo; os Visigodos, os Vândalos, os Ostrogodos, Clóvis, Meroveu (ou Merowig) aparecerem no país dos Salienos — em uma palavra, as origens mesmas da história de França desenrolando-se em sentido retrospectivo da sua sucessão —, e foi efetivamente o que ocorreu. Muitas questões históricas de grande importância que haviam permanecido obscuras até então foram tornadas visíveis para mim. Assim, constatei, entre outras, que os franceses são originários da margem direita do Reno e que os alemães nenhuma razão têm para disputar esse rio e principalmente a margem esquerda.

Existia, em verdade, para mim, um interesse maior — que eu não saberia expressar — em assistir às particularidades de acontecimentos dos quais tinha vaga ideia, formada por meio dos ecos não raro enganadores da História, e de visitar países transformados desde muito tempo. A vasta e brilhante capital da civilização moderna havia rapidamente envelhecido ao nível das cidades ordinárias, embora bastilhada de torres ameadas. Admirei alternativamente a bela cidade do século XV, os tipos curiosos da sua arquitetura, a célebre Torre de Nesle, os vastos mosteiros de Saint-Germain-des-Prés. Lá, onde flore agora o jardim da Torre Saint-Jacques, reconheci o pátio sombrio do alquimista Nicolas Flamel. Os telhados redondos e pontudos ofereciam o aspecto bizarro de cogumelos nas bordas de um rio. Depois, essa aparência feudal havia desaparecido para abrir lugar a um pesado castelo erguido no meio do Sena, rodeado de algumas choupanas, e, enfim, a uma verdadeira planície onde se distinguiam apenas algumas choças de selvagens. Paris não existia mais, e o Sena rolava suas águas silenciosas por entre ervas e salgueiros. Ao mesmo tempo, salientei que dessa civilização o foco se havia deslocado e descido rumo ao Sul. Devo confessar-vos, meu amigo, em circunstância alguma experimentou minha alma um sentimento assim de tão vivo júbilo quanto no momento em que me foi dado ver a Roma dos Césares em seu esplendor. Era um dia de triunfo e, sem dúvida, sob os principados sírios, pois, no meio das magnificências exteriores, de carros luzidos, de auriflamas de púrpura, duma assembleia de damas elegantes e de ministros de ribalta, distingui um imperador molemente estendido em amplo e dourado carro, inteiramente vestido de seda clara e coberta de pedrarias, de ornamentos de ouro e prata refulgindo sob o Sol de meio-dia. Só poderia ser Heliogábalo, o sacerdote do Sol. O Coliseu, o templo de Antino, os arcos de triunfo e a coluna Trajano estavam erguidos, e Roma se encontrava em toda a sua beleza arqueológica, derradeira beleza que era apenas uma cena de teatro para coroados. Algo mais tarde, assisti à grandiosa erupção do Vesúvio, que sepultou Herculano e Pompeia.

Por um momento, vi Roma em chamas e, embora não haja podido destacar Nero no seu terraço, persuadi-me de que tinha sob meu olhar o incêndio do ano de 64 e o sinal das perseguições cristãs. Algumas horas decorridas, minha atenção estava presa a examinar os vastos jardins de Tibério, em Capreia (hoje Capri), e acabava de ver esse imperador chegar perto do tabuleiro de rosas, rodeado de um grupo de mulheres nuas, quando, em consequência da rotação da Terra, a Judeia veio colocar-se sob minhas vistas, que adivinharam imediatamente Jerusalém. Jesus, carregando sua pesada cruz, subia custosamente a colina do Gólgota, escoltado por uma tropa de soldados e seguido pela populaça de judeus. Esse espetáculo é um daqueles que jamais esquecerei. Foi para mim bem diferente do que para os assistentes de então, pois a glória futura (e, contudo, passada) da Igreja cristã se desenrolava, a meu ver, no nível de uma coroação do divino sacrifício... Não insisto; compreendeis quais os diversos sentimentos que agitaram minha alma nessa observação suprema...

Voltando mais tarde rumo a Roma, reconheci Júlio César estendido sobre a sua pira, tendo à cabeceira Antônio, cuja mão esquerda segurava, creio, um rolo de papiro. Os conjurados desciam apressadamente às bordas do Tibre. Remontando, por legítima curiosidade, à vida de Júlio César, eu o reencontrei com Vercingétorix no meio dos Gauleses e pude constatar que, de todas as hipóteses dos nossos contemporâneos a respeito de Alésia, nenhuma acerta o lugar verdadeiro, atendendo-se a que essa fortaleza estava situada sobre...

Quœrens – Perdoai minha interrupção, mestre, mas aguardei com empenho a ocasião de vos solicitar um esclarecimento sobre ponto particular do ditador. Uma vez que revistes Júlio César, dizei-me, eu vos rogo, se a sua figura se assemelha em verdade à que o imperador Napoleão III, que reina atualmente sobre a Gália, nos dá na grande obra que escreveu sobre a vida do famoso capitão. É verdade que o ditador romano e o general corso têm a mesma cabeça, a mesma fisionomia?

Lúmen – Sim. A semelhança é notável, tanto quanto a semelhança moral, a ponto de me haver perguntado a mim mesmo se Júlio César e Napoleão Bonaparte não constituem uma só e única personalidade em duas reencarnações diferentes.

De qualquer modo que seja, retrocedi de Júlio César aos cônsules e aos reis do Lácio para me deter um instante no rapto das Sabinas, com o que fiquei bastante satisfeito por poder observar diretamente esse tipo de costume antigo. A História aformoseou muitas coisas e reconheço que a maior parte dos fatos históricos foram totalmente diferentes do que se nos apresentou. Nesse mesmo momento, apercebi o rei Candaulo, em Lídia, na cena do banho, que vós conheceis; a invasão do Egito pelos Etíopes; a república oligárquica de Corinto; a oitava olimpíada da Grécia; e Isaías profetizando na Judeia. Vi construírem as pirâmides por levas de escravos, dirigidos por chefes montados em dromedários. As grandes dinastias da Bactriana e da Índia, eu as vi, e a China me mostrou as artes maravilhosas que já possuía antes mesmo do nascimento do mundo ocidental. Tive oportunidade de perquirir a respeito da Atlântida de Platão e constatei efetivamente que as opiniões de Bailly sobre esse continente desaparecido não são destituídas de fundamento. Na Gália, só se distinguiam vastas florestas e pântanos; os próprios druidas haviam desaparecido, e os selvagens dali muito se pareciam aos que ainda hoje habitam a Oceania. Era bem a Idade da Pedra reconstituída pelos arqueólogos modernos. Mais tarde ainda, vi que o número de homens diminuía pouco a pouco e que o domínio da Natureza parecia pertencer a uma grande raça de símios, ao urso das cavernas, ao leão, à hiena, ao rinoceronte. Chegou o momento em que me foi impossível distinguir sequer um único homem na superfície do mundo, nem mesmo o menor vestígio da raça humana. Tudo havia desaparecido. Os tremores de terra, os vulcões e os dilúvios pareciam assenhoreados da superfície planetária, não permitindo a presença do homem em meio de tais ruínas.

Quœrens – Confessar-vos-ei, ó Lúmen, aguardar com impaciência o momento de vossa chegada ao paraíso terrestre a fim de saber de que forma se apresenta a criação da raça humana sobre a Terra. Estou até surpreso de não haverdes parecido cogitar sobre tão importante observação.

Lúmen – Eu vos relato unicamente quanto vi, meu curioso amigo, e guardar-me-ei bem de substituir os testemunhos dos meus olhos pelas fantasias da imaginação. Ora, não vislumbrei qualquer remoto traço desse Éden tão poeticamente descrito pelas teogonias primitivas. Além disso, seria bem extraordinário que a semelhança do mundo que eu tinha sob os olhos e a Terra chegasse até elas, tanto mais quanto, se o paraíso terreal tem sua razão de ser no berço da Humanidade, nas graciosas lendas orientais, não vejo em que ele possa ter a mesma razão nos fins da sociedade humana.

Quœrens – Creio, ao contrário, que seria mais justo supô-lo ligado aos fins do que ao começo, em resultado e recompensa, do que em forma de prelúdio incompreendido, de uma vida de sofrimento. Mas, uma vez que não vistes o Éden, não insisto no assunto.

Lúmen – Chegou, enfim, o término da observação desse mundo singular, cuja história era precisamente o inverso da vossa, a ocasião de ver animais fantásticos de monstruosidade combatendo-se nas praias de vastos mares. Serpentes gigantes, armadas de patas formidáveis; crocodilos que voavam nos ares, agitando asas orgânicas mais longas que o seu próprio corpo; peixes disformes, cuja goela teria deglutido um touro; aves de rapina travando terríveis batalhas nas ilhas devastadas. Continentes inteiros, cobertos de vastas florestas; árvores de folhagem enorme cresciam umas sobre as outras, vegetais sombrios e severos, porque o reino vegetal ainda não tinha então nem flores, nem frutos. As montanhas vomitavam cascatas inflamadas; os rios tombavam em cataratas; o solo dos campos abria-se em forma de fauces profundas, deglutindo colinas, bosques, ribeiros, árvores, animais. Bem depressa, impossível se me tornou distinguir mesmo a superfície do globo; um mar universal parecia cobri-lo. O reino vegetal e também o animal se apagaram lentamente para dar posto a monótonas verduras lavradas de brilhos e fumaças brancas. Era, desde então, um mundo agonizante. Assisti às derradeiras pulsações do seu coração, reveladas por fulvos clarões intermitentes. Pareceu-me depois que chovia simultaneamente sobre a superfície inteira, pois o Sol não iluminava mais que nuvens e goteiras de chuva. O hemisfério oposto ao Sol pareceu-me menos sombrio do que antes, e apagadas claridades se deixavam aperceber por meio das tempestades. Esses clarões ganharam intensidade e se propagaram sobre a esfera total. Amplas fendas apareciam vermelhas, lembrando o ferro em brasa das forjas. E porque o ferro sucessivamente queimado na ardente fornalha se torna vermelho claro, depois alaranjado, em seguida amarelo, passando a branco e incandescente, assim o mundo passou por todas as fases do aquecimento progressivo. Seu volume aumentou, e o movimento de rotação foi mais lento. O globo misterioso ficou semelhante a uma esfera imensa de metal fundido, envolta de vapores minerais. Sob a ação incessante da sua fornalha interior e dos combates elementares dessa estranha química, adquiriu proporções enormes, e a esfera de fogo passou a esfera de fumaça. Desde então, desenvolvia-se sem cessar e ia perdendo a personalidade. O Sol, que primitivamente a iluminava, não a ultrapassava mais em brilho, e ela própria agrandou a sua circunferência de tal modo que se tornou evidente, para mim, estar o planeta vaporoso destinado a perder a sua existência mesma por efeito de reabsorção na atmosfera crescente do Sol.

Assistir a um fim de mundo é ocorrência rara. Por isso, em meu entusiasmo, pensava comigo mesmo, com uma espécie de vaidade: eis, pois, um fim de mundo, ó Deus, e eis o destino reservado às inumeráveis terras habitadas! "Não é o *fim*." — respondeu uma voz à minha ideia íntima. — "É *o começo*". "Quê? É o começo?" pensei eu em seguida. "O princípio da Terra mesma." — respondeu a mesma voz. "Tu reviste toda a história da Terra, *distanciando-te dela com velocidade superior à da luz*".

Tal afirmação não me surpreendeu mais do que o primeiro episódio da minha vida ultraterrestre, pois, já familiarizado com os efeitos chocantes das leis da luz, estava desde então preparado para toda a nova surpresa. Eu havia duvidado do fato por certos detalhes que não vos pude narrar para não perturbar a unidade da minha exposição, porém, sem embargo, incomparavelmente mais extraordinárias ainda do que a sucessão geral dos acontecimentos.

Quœrens – Mas, se se tratava realmente da Terra, como se explica que a vossa observação astronômica, feita antes para reconhecimento da constelação do Altar, vos haja indicado, ao contrário, que o mundo por vós examinado não era a Terra, nem uma estrelinha do Altar?

Lúmen – É que essa constelação, em consequência da minha viagem no espaço, havia mudado de posição. Em lugar das estrelas de terceira grandeza e das de quarta que constituem essa figura (vista da Terra), meu distanciamento rumo à nebulosa havia reduzido tais astros a pequenos pontos imperceptíveis. Estavam lá outras estrelas brilhantes, sem dúvida alguma do Cocheiro, estrelas diametralmente opostas às precedentes, quando se observa da Terra, mas que se interpuseram quando foram por mim transpostas. As perspectivas celestes já haviam mudado, e impossível quase se tornava determinar a posição do nosso Sol.

Quœrens – Não tinha pensado nessa inevitável mudança de perspectivas para além de Capela. Assim sendo, tratava-se mesmo da Terra à vossa vista. Ademais, sua história se desenrolou em sentido inverso da realidade. Vistes os velhos acontecimentos chegando depois dos fatos modernos. Por que processos pôde a luz fazer-vos assim subir o rio do tempo?

Além disso, ó Lúmen, dissestes haver observado particularidades curiosas relativas à própria Terra. Desejaria particularmente formular algumas questões a respeito de tais detalhes. Ouvirei, pois, com interesse, as histórias extraordinárias que devem completar essa narrativa, persuadido de que, tal qual ocorreu anteriormente, elas responderão antecipadamente à minha curiosidade.

II

Lúmen – A primeira circunstância se prende à batalha de Waterloo.

Quœrens – Ninguém melhor do que eu recorda essa catástrofe, pois recebi uma bala na espádua, perto do Mont-Saint-Jean, e um golpe de sabre em cima da mão direita, vibrado por um dos biltres de Blücher.

Lúmen – Pois bem, meu velho camarada, assistindo de novo a essa batalha, eu a vi de modo diferente daquele pelo qual se desenrolou. Julgareis isso bem depressa.

Quando reconheci o campo de Waterloo, ao sul de Bruxelas, divisei primeiramente um considerável número de cadáveres, sinistra assembleia da morte deitada sobre o chão. Ao longe, por entre o nevoeiro, lobrigava-se Napoleão, chegando em recuo com o seu cavalo seguro pela rédea; os oficiais que lhe faziam séquito marchavam igualmente retrocedendo! Alguns canhões deveriam começar o seu ribombo, pois, de tempo em tempo, eram vistas as tristes luzes dos seus clarões. Quando a minha vista se aclimatou suficientemente ao panorama, vi, em primeiro lugar, que alguns soldados mortos despertavam, ressuscitavam da noite eterna e se levantavam de um só movimento! Grupos a grupos, um grande número ressuscitou. Os cavalos mortos despertaram tal qual os cavaleiros, e estes remontaram nos bucéfalos. Tão logo dois ou três mil desses homens voltaram à vida, eu os vi formarem perfeita linha de batalha. As duas hostes se defrontaram e começaram batendo-se com encarniçamento, furor mesmo, que quase se poderiam tomar por desespero. Uma vez iniciada a luta pelas duas partes, os soldados ressuscitavam mais rapidamente: franceses, ingleses, prussianos, hanoverianos, belgas; capotes cinzentos, uniformes azuis, túnicas vermelhas, verdes, brancas levantavam-se do exército francês. Distingui o imperador. Um batalhão em quadrado o envolvia: a Guarda Imperial havia ressurgido!

Então, os imensos batalhões avançaram dos dois campos, precipitando suas pesadas ondas humanas: da esquerda e da direita, entrecruzaram-se os esquadrões. Os cavalos brancos faziam flutuar ao vento sua aérea crina. Recordo o estranho desenho de Raffet e recordo-me do epigrama espectral do poeta alemão Sedlitz:

Rufa o tambor estranhamente,
Com toda a força o som ressoa;
Por essa força ressuscitam
Quantos soldados lá morreram.

E deste outro:

É a grande revista que,
Em ponto de meia-noite,
Tenta nos Campos Elíseos
O César já falecido.

Era bem Waterloo, mas um Waterloo de Além-Túmulo, porque os combatentes eram ressuscitados. Afora isso (singular miragem), marchavam em recuo uns contra os outros. Uma tal batalha produziu efeito mágico que me impressionava tanto mais fortemente porque eu imaginava ver o autêntico acontecimento, e esse se apresentava estranhamente transformado na sua imagem simétrica. Detalhe não menos singular: quanto mais se combatia, mais o número de lutadores aumentava; a cada claro aberto pelo canhão nas fileiras cerradas, um grupo de mortos ressuscitava imediatamente para preencher falhas. As tropas escoaram o dia a estraçalhar-se por metralha, canhões, balas, baionetas, sabres, espadas. Quando a imensa batalha terminou, não havia um só morto, um único ferido. Os uniformes, há pouco rasgados ou em desordem, voltaram a bom estado. Os homens se tornaram válidos, as fileiras corretamente formadas.

Os 340.000 soldados que constituíam os dois exércitos se afastaram lentamente, um e outro, como se a ardente peleja não houvesse tido outro fim senão fazer ressuscitar, sob a fumaça do combate, os cem mil cadáveres e feridos jacentes no plano algumas horas antes. Que batalha exemplar e digna de inveja!

Infalivelmente, estava ali o mais singular dos episódios militares. E o aspecto físico fora sobrepujado pelo aspecto moral, quando refleti que tal batalha tivera em resultado, não o vencer Napoleão, mas, ao contrário, pô-lo sobre o trono. Em vez de perder a pugna, o imperador a ganhara, e de prisioneiro se tornou soberano. Waterloo fora um 18 brumário!

Quœrens – Só compreendo pela metade, ó Lúmen!, esse novo efeito das leis da luz, e muito vos agradeceria se me désseis mais clara explicação, caso a tenhais apreendido.

Lúmen – Eu vo-la deixei adivinhar, há pouco, ao dizer-vos que me distanciava da Terra com uma velocidade maior do que a da luz.

Quœrens – Explicai-me, porém, de que maneira esse distanciamento progressivo no espaço vos mostrou os acontecimentos em ordem inversa daquela em que se realizaram.

Lúmen – A teoria é bem simples. Suponde que partis da Terra com uma velocidade exatamente igual à da luz. Tereis sempre convosco o aspecto que a Terra apresentava no instante da vossa partida, porque vos afastais do globo com a velocidade igual à que leva esse cenário por meio do espaço. Ainda que viajásseis durante dez ou cem séculos, tal aspecto vos acompanharia sempre, à semelhança de um retrato que nunca envelhecesse, apesar de o tempo encanecer o original dessa fotografia.

Quœrens – Esse fato eu já o compreendi em nossa primeira palestra.

Lúmen – Bem. Suponhamos agora que vos distanciais da Terra com uma velocidade superior à da luz. Que acontecerá? Encontrareis, à medida que avançardes no espaço, os raios saídos antes de vós, isto é, as fotografias sucessivas que, de instantes em instantes, se evolam para a imensidão. Se, por exemplo, partis em 1867, com a velocidade idêntica à da luz, olhareis eternamente esse panorama de 1867; se, porém, marchais mais rápido, ireis contemplando os raios de luz que partiram em cada ano anterior e levam gravada a fotografia respectiva de cada tempo.

Para melhor pôr em evidência a realidade desse fato, peço que aprecieis raios luminosos saídos da Terra em diferentes épocas O primeiro será o de um momento qualquer do primeiro dia de janeiro de 1867. À razão de 300.000 quilômetros por segundo, terá, no instante em que vos falo, feito um certo percurso desde a ocasião da sua passagem pela Terra e se encontra agora a uma determinada distância, que exprimirei pela letra A. Consideremos a seguir outro saído um século antes, em 1º de janeiro de 1767: levará dez decênios de avanço sobre o primeiro e se encontrará a uma longitude muito maior, distância que designarei pela letra B. Terceiro raio, que localizo em 1º de janeiro de 1667, estará ainda mais longe, num trajeto igual ao que percorre a luz em 36.525 dias. Chamarei C o local onde se encontrará esse terceiro raio. Enfim, um quarto, quinto, sexto corresponderão, respectivamente, a 1º de janeiro de 1567, 1467, 1367, etc., e estarão escalonados a distâncias iguais, D, E e F, mergulhados cada vez mais no infinito.

Eis, pois, uma série de fotografias terrestres em degraus da mesma linha, de distância em distância, no espaço. Ora, o Espírito que se afasta, passando sucessivamente pelos pontos A, B, C, D, E, F, neles encontrará, sucessivamente também, a história secular da Terra em tais épocas.

Quœrens – Mestre! a que distância estarão essas fotografias umas das outras?

Lúmen – O cálculo é dos mais fáceis: o intervalo que as separa corresponde ao percorrido pela luz durante um século. Ora, à razão de 300.000 quilômetros por segundo, vereis que viajou 18 milhões em um minuto, 1 bilhão e 80 milhões em uma hora, 25 bilhões 923 milhões e 200 mil em um dia, 9 mil trilhões 467 bilhões 280 milhões em um ano, tendo em conta os bissextos. Disso se conclui, em consequência, que o intervalo entre dois pontos que guardam um século de distância será de 946 trilhões e 728 bilhões de quilômetros aproximadamente.

Eis, disse eu, uma série de fotografias terrestres escalonadas no espaço a intervalos respectivos. Suponhamos agora que entre cada uma dessas imagens seculares se encontram escalonadas, a seu turno, as imagens anuais, guardando entre cada uma a distância que a luz percorre em um ano, e a que venho de me referir; e, pois, que, de permeio, a cada imagem anual, temos as de cada dia; e, pois, que cada dia contém as das horas, e cada hora, afinal, a imagem dos seus minutos, e estes, a dos segundos que os formam, e o todo, sucedendo-se de acordo com a distância correspondente a cada um deles. Teremos, em um raio de luz, ou, para melhor dizer, em um jato de luz composto de uma série de imagens distintas, justapostas, a inscrição cósmica da história da Terra.

Quando o Espírito viaja nesse raio etéreo de imagens com velocidade superior à da luz, encontra sucessivamente as antigas. Chegando à distância onde se acha então o aspecto partido em 1767, já remontou a um século de história terrestre. Atingindo o ponto no qual encontra o panorama de 1667, terá alcançado dois séculos. Quando chega à fotografia de 1567, o Espírito já reviu três séculos, e assim por diante. Eu vos disse, de início, dirigir-me então a um montão de estrelas situado à esquerda de Capela. Esse conjunto se encontra a uma longitude incomparavelmente maior do que a da própria estrela, embora da

Terra pareça estar à ilharga, porque os dois raios visuais são vizinhos. Tal proximidade aparente é devida apenas à perspectiva. Para vos dar ideia do distanciamento provável desse longínquo Universo, direi não ser ele menos vasto do que a Via Láctea. Pode-se assim imaginar a que distância seria preciso transportar a Via Láctea para que ficasse reduzida ao aspecto daquela nebulosa. Meu sábio amigo, Arago, fez tal cálculo (que não ignorais, pois ele o repetia em cada ano do seu curso no Observatório, e foi publicado postumamente). Seria necessário supor a Via Láctea mudada a uma distância igual a 334 vezes a sua extensão. Ora, despendendo a luz 150 séculos na travessia da Via Láctea, de um extremo a outro, a conclusão é que deverá empregar 334 vezes 150 séculos, ou seja, mais de 50.000 séculos para vir de lá. Eu havia remontado o raio da Terra até essas remotas regiões e, se a minha visão espiritual fosse mais perfeita, eu teria podido distinguir, não somente a história retrospectiva[15] de cem ou mil séculos, mas ainda a de 50.000 séculos.

Quœrens – O Espírito pode, pois, pela sua própria potência, atravessar todo gênero de espaços incomensuráveis dos céus?

Lúmen – Pelo seu próprio poder, não, mas servindo-se das potências da Natureza. A atração é uma dessas energias. Ela se transmite com velocidade muitíssimo superior à da luz, e as teorias astronômicas — as mais rigorosas — são forçadas a considerar tal transmissão no nível de

---

[15] N.E.: Essa concepção da história retrospectiva, dos acontecimentos revolvidos, foi assinalada por Henri Poincaré em suas sábias dissertações matemáticas. Podem-se ler as linhas seguintes em sua obra *Ciência e método* (p. 71-72), publicada em 1908: "As Leis da Natureza ligam o antecedente ao consequente, de tal sorte que o antecedente é determinado pelo consequente tão bem quanto o consequente pelo antecedente. Flammarion havia imaginado outrora um observador que se distanciasse da Terra com velocidade maior do que a da luz, para o qual o Tempo teria mudado de significação e a história se tornaria retrospectiva — Waterloo precedendo Austerlitz. Para tal observador os efeitos e as causas seriam intervertidos." E mais adiante (p. 83): "Não estamos no final dos paradoxos. Retomemos a ficção de Flammarion, aquela em que o homem anda mais rapidamente do que a luz e para quem o Tempo mudou de símbolo; para ele todos os fenômenos pareceriam devidos ao acaso. Que quer isso dizer? Para Lúmen, pequenas causas pareceriam produzir grandes efeitos. Que ocorreria quando grandes causas gerassem pequenos efeitos? Eis a hipótese em que não atribuiríamos o fenômeno ao acaso, enquanto que Lúmen, precisamente ao contrário, tê-lo-ia por fruto do acaso. Ele veria surgir um mundo cada vez mais variado de uma espécie de caos primitivo; as mudanças que observasse seriam para ele imprevistas e impossíveis de prever e pareceriam oriundas de não-sei-que capricho; mas, este capricho seria diferente do nosso acaso, porque rebelde a toda lei, enquanto que o nosso acaso teria ainda as suas. Todos esses pontos demandariam longos desenvolvimentos, que ajudariam talvez a compreender a irreversibilidade do Universo. — Henri Poincaré."

quase instantânea. Acrescentarei que, se pude apreender os acontecimentos de tais longitudes, isso não foi pela apreciação visual física que vós conheceis, e sim por um processo diferente, mais sutil, que pertence à ordem psíquica. Os movimentos etéreos constitutivos da luz não são luminosos eles próprios, vós o sabeis. Um órgão visual não é necessário para os perceber. Vibrando a alma sob sua influência, percebe-os tão bem (e muitas vezes incomparavelmente melhor) quanto um aparelho de óptica orgânica. É de óptica psíquica. Assim, por exemplo, a atração atinge instantaneamente os 149 milhões de quilômetros que separam a Terra do Sol, enquanto que a luz emprega para isso 493 segundos.

Quœrens – Quanto tempo dura tal viagem, rumo a esse Universo longínquo?

Lúmen – Não percebestes já que o tempo não existe fora do movimento da Terra? Que eu haja empregado um ano ou uma hora em tal exame, é a mesma duração ante o Infinito.

Quœrens – Eu havia pensado isso: as dificuldades físicas me parecem enormes. Permitis, agora, que vos submeta uma estranha ideia que me surgiu no cérebro?

Lúmen – É precisamente para atender às vossas reflexões que vos faço estas narrativas.

Quœrens – Eu me perguntava se essa mesma inversão poderia ter lugar para o ouvido tal qual para a vista; se, podendo ver um acontecimento ao avesso da sua realidade, seria possível ouvir um discurso — começando pelo fim. É sem dúvida uma questão frívola e talvez de aparência ridícula, mas, no terreno do paradoxo, por que estacar?

Lúmen – O paradoxo é apenas aparente. As leis do som diferem essencialmente das da luz. O som percorre somente 340 metros por segundo, e seus efeitos nada têm em absoluto de comum com os da luz. Todavia, é evidente que, se avançamos no ar com uma velocidade superior à do som, ouviremos ao inverso os sons saídos dos lábios de um interlocutor. Se, por exemplo, este recitasse um alexandrino, o audiente, distanciando-se com a predita rapidez — a partir do instante em que ouvisse a última sílaba —, encontraria sucessivamente as outras 11 — pronunciadas antes — e ouviria o verso ao avesso.

Quanto à teoria em si, ela nos inspira uma reflexão curiosa, e é que a natureza teria podido fazer com que o som não percorresse 340 metros por segundo, e sua velocidade, dependente da densidade e elasticidade do ar, fosse diversa do que é, mais lenta, muito mais demorada mesmo. Por que, por exemplo, não se transmite ele no ar com a velocidade de alguns centímetros apenas por segundo? Ora, vede o que resultaria se assim fosse. Os homens não se poderiam falar andando. Dois amigos, em palestra: um dá um passo, dois passos à frente, distanciando-se cem centímetros, suponhamos. E porque o som empregaria muitos segundos para transpor esse metro, resultaria que, em vez de ouvir a continuação da frase pronunciada pelo amigo, o avançado ouviria de novo, em ordem inversa, os sons constitutivos das frases anteriores. Que mal, se não se pudesse conversar, caminhando, e que três quartas partes das criaturas não se pudessem entender? Esses reparos, meu amigo, me tentam, relativamente às vossas meditações, a um assunto bem digno de atenção e do qual muito pouco se há cogitado até aqui: a adaptação do organismo humano ao ambiente terrestre. A maneira como o homem vive e percebe suas sensações, seu sistema nervoso, sua estatura, seu peso, sua densidade, sua locomoção, suas funções, em uma palavra, todos os seus atos são regidos, constituídos mesmo, pelo estado do vosso planeta. Nenhuma de vossas ações é absolutamente livre, independente: o homem é o resultado dócil, ainda que inconsciente, das forças orgânicas da Terra. Sem dúvida, não sendo a alma humana função do cérebro, existindo autônoma, desfruta de liberdade relativa. Mas essa liberdade é inteiramente ligada às suas faculdades, sua potência e sua energia. Ela se determina segundo as causas que a decidem. Ao nascer de todo homem, aquele que conhecesse exatamente as faculdades dessa alma e as circunstâncias que rodeiam essa vida, poderia, por antecipação, escrever tal vida em todos os seus detalhes. O organismo é o produto do planeta, mas não é em consequência de uma fantasia divina, de um milagre, de uma criação direta que o homem está constituído tal qual se encontra. Sua forma, em suma, tem causa no estado do vosso planeta, na atmosfera que respirais, na alimentação que vos nutre, no peso sobre a superfície da Terra, na densidade dos materiais terráqueos, etc. O corpo humano não difere, anatomicamente, do de um mamífero superior e, se remontardes às origens das espécies, encontrareis transformações graduais estabelecendo, por testemunhos irrecusáveis, que toda a vida terrestre, desde o molusco até o homem, é o desenvolvimento de uma só e única árvore genealógica. A forma humana tem por origem a forma animal. O homem é a borboleta saída da crisálida das idades paleontológicas.

De tal fato resulta a consequência de que, nos outros mundos, a vida orgânica difere da existente aqui e de que as humanidades — resultantes, lá tanto quanto aqui, das forças em atividades em cada planeta — sejam absolutamente diversas em suas conformações da gente terreal. Por exemplo, nos mundos onde não se come, o tubo digestivo e as entranhas desapareceram. Nos mundos fortemente eletrizados, os seres são dotados de um sentido elétrico. Em outros, a vista é constituída de raios ultravioletas, e os olhos nada têm de comum com os vossos, nem veem o que vedes, e sim o que não enxergais. Os órgãos se acham em relação com as respectivas funções.

Quœrens – Não somos, pois, o tipo absoluto da Criação? E a Criação é, ela mesma, um perpétuo vir a ser, uma resultante, segundo as forças em atividade?

Lúmen – A própria alma se encontra nesse caso. Há tanta diversidade entre as almas quanto há entre os corpos. Para que ela exista, na condição de ser independente com consciência de si mesma, para que conserve a lembrança de sua identidade e esteja apta para a imortalidade, é necessário que, desde esta vida, ela saiba que existe em realidade. De outra forma, terá avançado no amanhã da morte tanto quanto na véspera e cairá, qual um sopro insensível, no cego turbilhão do cosmos, na igual condição de qualquer outro centro de força inconsciente. Muitos homens na Terra blasonam de admitir apenas a matéria (sem saberem, aliás, o que estão dizendo, pois não a conhecem) e, além desses, outros, mais numerosos ainda, que não pensam coisa alguma, não são imortais, por não terem consciência da sua existência. Os Espíritos que vivem realmente da vida espiritual são apenas os que estão aptos para a imortalidade.

Quœrens – E são muitos?

Lúmen – Eis, meu amigo, a aurora que, de novo, me convida a regressar ao seio do Espaço — povoado de coisas desconhecidas da Terra, veio fecundo no qual os Espíritos reencontram os salvados das existências transcorridas, os segredos de muitos mistérios, as ruínas de mundos destruídos e a gênese de mundos futuros. Seria de resto supérfluo alongar esta narrativa de detalhes inúteis. Minha intenção foi mostrar que, para ter o espetáculo de um mundo e de um sistema de vida inteiramente opostos ao vosso, basta distanciar-se da Terra com velocidade superior à da luz.

Nesse arrojo da alma, rumo aos horizontes inacessíveis do infinito, se encontram os raios luminosos refletidos pela Terra e pelos outros planetas há milhares e miríades de ciclos anuais, e, observando-se os planetas de tão longínqua distância, pode-se assistir *de visu* aos acontecimentos da sua história passada. Assim se sobe o rio do tempo até suas nascentes. Uma tal faculdade deve iluminar, para vós, de novas claridades as regiões da eternidade. Eu me prometo fazer-vos bem depressa conhecer as consequências metafísicas, se, segundo espero, admitistes o valor científico da documentação deste estudo ultraterrestre.

Terceira narrativa[16]
Homo homunculus

Quœrens – Eu vos escutei com interesse, ó Lúmen!, sem estar, eu o confesso, inteiramente persuadido de que tudo quanto tivestes a bondade de me narrar seja realidade absoluta. Estou sob a impressão de um possível voo imaginativo. Em verdade, é muito difícil crer que se possam ver tão distintamente todas as coisas. Quando há nuvens, por exemplo, não podeis observar por meio delas o que se passa na superfície da Terra. O mesmo ocorre do interior das casas.

Lúmen – Desenganai-vos, meu amigo: as ondulações do éter atravessam obstáculos que poderíeis supor intransponíveis. As nuvens são formas de moléculas entre as quais um raio de luz pode muitas vezes passar. E a luz não é o que ela parece ser: raios invisíveis para os vossos olhos atravessam os corpos opacos, e certos aspectos da Terra poderiam, mesmo por meio das nuvens, levar sua fotografia ao longe no espaço. Tal irradiação é um movimento vibratório do éter. Pode ser visto por outro processo que não o exercitar da retina e do nervo óptico. As vibrações do éter são perceptíveis por outros sentidos que não os vossos. Se for a derradeira objeção que tendes a fazer, confessemos estar longe de irrespondível.

Quœrens – Tendes particular maneira de resolver todas as dificuldades. Talvez seja isso um privilégio dos seres espirituais. Tive sucessivamente que admitir vosso transporte a Capela, com velocidade superior à da luz; que chegastes a um mundo independentemente de

---
[16] N. E.: Escrita em 1867.

reencarnar ali; que vossa alma permanece liberta de qualquer invólucro corporal; que vossa percepção ultraterrestre é bastante poderosa para distinguir desde o alto tudo quanto se passa aqui; que podeis avançar ou recuar no espaço, a vosso arbítrio; enfim, que as próprias nuvens não constituem empecilho a que possais distinguir a superfície do nosso globo. Devemos convir que em tudo isso há bem grandes dificuldades para a compreensão.

Lúmen – Quanto sois terrestre ainda, meu velho amigo, e quanto vos surpreenderíeis agora se vos demonstrasse a infantilidade dessas objeções, e bem assim que quaisquer outras opostas nesse sentido seriam puros efeitos da vossa ignorância nativa! Que pensaríeis se vos dissesse não existir um entre os homens que tenha uma ideia, ao menos, do que se passa sobre a face da própria Terra, e que nenhum compreende a Natureza?

Quœrens – Em nome das indiscutíveis verdades da ciência moderna, eu ousaria supor ser vossa intenção impor...

Lúmen – Deus seja louvado! Escutai, meu amigo. As maravilhosas descobertas da ciência contemporânea deveriam abrandar a esfera das vossas concepções. Vindes de descobrir a análise espectral! Pelo exame de modesto raio de luz lançado de longínqua estrela, constatais que elementos constituem essa estrela inacessível e lhe alimentam o fulgor. Aí está, meu jovem irmão espiritual, um acontecimento mais estupendo — por si só — do que todas as conquistas dos Alexandres, dos Césares, dos Napoleões; do que todas as descobertas dos Ptolomeus, dos Colombos, dos Gutenbergs; do que todas as bíblias dos Moisés, dos Confúcio, dos Jesus. Pois quê! imensidades cavam abismos que vos separam de Sírio, Arcturus, Vega, Capela, de Castor e Pólux, e vós analisais as substâncias constitutivas desses sóis, parecendo que os pegais nas mãos e os submeteis ao cadinho do laboratório. E vos recusais a admitir que, por processos de vós desconhecidos, a visão da alma possa apreender, por ela mesma, o aspecto luminoso de um mundo distante e nele distinguir os mínimos detalhes? O telégrafo leva em um instante inapreciável vosso pensamento da Europa à América por meio dos abismos do oceano; dois interlocutores conversam em voz baixa a milhares de quilômetros de distância, e não quereis admitir minhas comunicações somente porque não as compreendeis de todo, completamente? E compreendeis de que modo o despacho voa e se transmite? Não, não é verdade? Deixai, pois, de conservar dúvidas que nem mesmo têm o valor de serem científicas.

Quœrens – Minhas objeções, meu caro mestre, não têm outro intento que obter novas luzes para minha inteligência. Estou longe de negar a realidade de tudo quanto me fizestes bondosamente conhecer, mas procuro adquirir uma ideia racional e exata.

Lúmen – Ficai certo, meu amigo, de que nunca me formalizo, de modo algum, e para elevar ao meu grau a esfera das vossas concepções posso, imediatamente, abrir vosso olhar ante a insuficiência das vossas faculdades terrestres, e sobre a pobreza fatal da ciência chamada positiva, convidando-vos a refletir em que as causas das vossas impressões são unicamente modalidades de movimento, e que quanto orgulhosamente se denomina ciência não passa de percepção orgânica muito limitada. A luz, por intermédio da qual vossos olhos enxergam, o som, veículo para que vossas orelhas ouçam, são diferentes modos de movimento que vos impressionam; os odores, os paladares, etc., são emanações que vêm chocar em nosso nervo olfativo ou em nosso paladar. É ainda movimento vibratório que se transmite ao cérebro. Podeis apenas apreciar alguns desses movimentos por meio dos sentidos de que fostes dotados, principalmente pela vista e pelo ouvido. Vós acreditais (ingenuamente) ver e compreender a Natureza? Não representa nada, quanto alcançais. Recebeis alguns dos movimentos em atividade sobre o vosso átomo sublunar: eis tudo. Fora das impressões que apreendeis, há uma infinidade de outras que não podeis alcançar.

Quœrens – Perdoai, mestre! Porém, esse novo aspecto da Natureza não me parece bastante claro para que o possa bem compreender. Detalhai...

Lúmen – O aspecto, para vós, efetivamente é novo, mas uma reflexão atenta fará que o assimileis. O som é formado por vibrações que, executando-se no ar, vêm ferir a membrana do vosso tímpano acústico e vos dão a impressão de tons diversos. O homem não percebe todos os sons. Quando as vibrações são muito lentas (aquém de 40 por segundo), o som é muito baixo: a orelha não o apreende. Quando as vibrações são demasiado rápidas (acima de 36.000 por segundo), o som se torna muito agudo: vosso ouvido não o capta mais. Acima ou abaixo desses dois limites do organismo humano, existem ainda vibrações perceptíveis por outros seres, certos insetos, por exemplo. Os mesmos raciocínios são aplicáveis à luz. Os diferentes aspectos desta, as nuanças e as cores dos objetos são identicamente devidos a vibrações que tocam vosso nervo óptico e nele produzem a impressão de intensidades diversas da luz. Vossos olhos não veem tudo quanto poderia ser divisado por outros órgãos. Quando as vibrações são muito lentas (inferiores a 458 trilhões por segundo), a luz é bastante fraca: vosso olhar não a vê. Quando muito velozes (para além de 727 trilhões por segundo), a luz ultrapassa a vossa faculdade orgânica de percepção e se torna invisível para vós. Acima e abaixo dessas duas fronteiras, vibrações etéreas existem perceptíveis por outros seres. Não conheceis, pois nem vos é possível conhecer senão as impressões que possam fazer vibrar as cordas da vossa lira corporal que se chamam nervo óptico e nervo auditivo.

Imaginai, por um instante, a extensão das coisas imperceptíveis para vós. Todos os movimentos ondulatórios que existem no Universo, entre aqueles que dão a cifra de 36.000 e os que fornecem a de 458 trilhões (458.000.000.000.000) na mesma unidade de tempo, não podem ser percebidos, nem vistos por vós, e fatalmente permanecerão desconhecidos às vossas faculdades de apreensão. Experimentai medir tal escala. A ciência contemporânea começa a penetrar um pouco por esse mundo invisível, e sabeis que acabam de mensurar as vibrações inferiores a 458 trilhões (os raios caloríficos, invisíveis, infravermelhos) e as superiores a 727 trilhões (raios químicos, também invisíveis ultravioleta). Os métodos científicos, porém, têm capacidade apenas para estender um pouquinho a esfera da percepção direta, sem poder eles tecerem-na muito. O homem permanece isolado no meio do Infinito.

Mais ainda: inumeráveis outras vibrações existem na Natureza, as quais, não estando em correspondência com a vossa organização e não podendo ser recebidas por vós, permanecem sempre de vós ignoradas. Se tivésseis outras cordas em vossa lira, dez, cem, mil..., a harmonia da Natureza se traduziria mais completamente, fazendo que entrassem em vibração, cada uma na gama correspondente. Poderíeis atingir uma grande quantidade de fatos que se desdobram em vosso redor sem que deles possais adivinhar a existência sequer, e, em vez de duas notas dominantes, seria possível formar ideia do conjunto do concerto. Sois, porém, de lastimável pobreza, da qual não deveis duvidar, pois que é pobreza geral, em tal grau, que impossível se torna que a compareis com a riqueza de certos seres superiores aos habitantes da Terra.

Os sentidos que possuís bastam para vos indicar a existência possível de outros, não somente mais poderosos, porém até de espécie completamente diversa. Pelo sentido do tato, por exemplo, conseguis identificar a sensação do calor, mas é fácil imaginar a existência de um sentido especial (análogo àquele pelo qual a luz vos dá o aspecto dos objetos exteriores), tornando o homem capaz de julgar a configuração, a substância, a estrutura interna e as outras qualidades de um objeto pela ação das ondas caloríficas deste emitidas. Idêntico raciocínio poderia ser formulado com relação à eletricidade. Podeis de igual modo idealizar a existência de um sentido que, sendo para os olhos o mesmo que o espectroscópio é para o telescópio, desse o conhecimento dos elementos químicos dos corpos.

Assim, já sob o ponto de vista científico, tendes bases suficientes para imaginar os modos de percepção de todo diferentes dos característicos da Humanidade terrestre. Tais sentidos existem em outros mundos, e bem assim uma infinidade de maneiras de perceber a ação das forças da Natureza.

Quœrens Confesso, ó mestre, singular e nova claridade se fez em meu entendimento, e as vossas explicações valeram para mim por uma interpretação genial da realidade. Havia eu imaginado já a possibilidade de semelhantes coisas, mas não as pude adivinhar, envolto que me encontro ainda pelos sentidos terrestres. Bem certo é que se necessita estar fora do nosso círculo para julgar verdadeiramente o conjunto das realidades. Assim, dotados que somos de alguns sentidos restritos, podemos conhecer apenas os fatos acessíveis à percepção desses sentidos. O resto permanece, naturalmente, ignorado. E será tal resto muito ao lado do que conhecemos?

Lúmen – Esse *resto* é imenso, e quanto sabeis é quase nada. Não somente vossos sentidos deixam de perceber os movimentos físicos que, a exemplo da eletricidade solar e terrestre (cujos eflúvios se cruzam na atmosfera), o magnetismo dos minerais, das plantas e dos seres, as afinidades dos organismos, etc., se tornam invisíveis para vós, mas ainda percebem menos os movimentos do mundo moral — as simpatias e antipatias, os pressentimentos, as atrações espirituais, etc. Eu vos digo, em verdade: quanto sabeis e tudo que pudésseis conhecer por intermédio dos sentidos terreais é nada em face do que existe. Essa verdade é tão profunda que se poderia fazer coexistirem na Terra seres substancialmente diferentes de vós, desprovidos de olhos e orelhas e de qualquer dos vossos sentidos, mas dotados de outros, capazes de perceber o que não percebeis, vivendo no mesmo mundo convosco, capazes de conhecer o que não podeis conhecer e, ainda, formando da Natureza uma ideia completamente estranha à que formais.

Quœrens – Isso agora excede de todo a minha mentalidade.

Lúmen – E melhor ainda, ó meu terrestre amigo, posso acrescentar, com toda sinceridade, que as percepções por vós recebidas, que constituem a base da vossa ciência, não são, mesmo, percepções da **realidade**. Não. Luzes, claridades, cores, aspectos, tons, ruídos, harmonias, sons diversos, perfumes, sabores, qualidades aparentes dos corpos, etc., não são outra coisa além de formas. Essas modalidades entram em vosso pensamento pelos portais dos olhos e das orelhas, do olfato e do paladar, e vos apresentam aparências, mas não a essência mesma das coisas... *A realidade escapa inteiramente ao vosso Espírito e estais em absoluto incapazes de compreender o Universo...* A matéria, ela própria, não é o que julgais. Ela não tem absolutamente nada de sólida; vosso corpo mesmo, um pedaço de ferro e de granito não tem mais solidez do que o ar que respirais. Tudo isso é composto de átomos, que não se tocam sequer e se acham em perpétuo movimento. A Terra, átomo do céu, corre no espaço com a velocidade de 106.000

quilômetros por hora, ou de oito vezes o seu diâmetro; mas, relativamente às suas dimensões, cada um dos átomos que constituem vosso próprio corpo e circulam em vosso sangue corre com velocidade ainda maior. Se vossos olhos fossem bastante capazes de bem observar essa pedra, eles não a veriam mais, porque a atravessariam. Reconheço, porém, na perturbação íntima do vosso encéfalo, concentrado em circunvoluções fechadas, e nas agitações fluídicas que atravessam vossos lóbulos cerebrais, que não compreendeis absolutamente nada das minhas revelações. Não prosseguirei, pois, nesse assunto, apenas esboçado aqui no intuito de mostrar quanto seria profundo vosso erro de ligar importância às dificuldades oriundas da vossa sensação terrestre e de vos deixar entender que nem vós, nem homem algum sobre a Terra, podeis formar ideia, mesmo aproximada, do Universo. O homem terrestre é um homúnculo.

Ah! se conhecêsseis os organismos que vibram sobre Marte ou em Urânus; se vos fosse dado apreciar os sentidos em atividades sobre Vênus e num satélite vizinho do anel de Saturno; se alguns séculos de viagem vos tivessem permitido a observação das formas da vida nos sistemas de estrelas duplas, sensações da vista nos sóis coloridos, impressões de um sentido elétrico (vosso desconhecido) nos grupos de sóis múltiplos; se uma comparação ultraterrestre, em suma, vos tivesse fornecido elementos de novo conhecimento, compreenderíeis que seres vivos possam ver, ouvir, sentir — ou, para melhor expressar, conhecer a Natureza — sem olhos, sem orelhas, sem olfato; que um indeterminado número de sentidos existe em outros mundos, sentidos essencialmente diferentes dos vossos, e que há, dentro da Criação, uma quantidade incalculável de fatos maravilhosos que vos é atualmente impossível imaginar. Nessa contemplação geral do Universo, meu amigo, se apercebe a solidariedade que une o mundo físico ao mundo psíquico; sabe-se de mais alto a força íntima que eleva certas almas experimentadas pelos grosseiros choques da matéria, porém depuradas pelo sacrifício, rumo às regiões solenes da luz espiritual; e compreende-se a imensa felicidade reservada a esses seres, os quais, mesmo sobre a Terra, conseguem eximir-se das paixões corporais.

Quœrens – Voltando à transmissão da luz no espaço: será que a luz não se perde, afinal? Será que o aspecto da Terra fica eternamente visível e não se atenua, ao contrário, em razão do quadrado da distância, para se aniquilar a um certo termo?

Lúmen – Vossa expressão, afinal, não tem aplicação, atendendo-se a que não existe fim no espaço. A luz se atenua, é verdade, com a distância, os aspectos se tornam menos intensos, porém nada se perde inteiramente. Um número qualquer, perpetuamente reduzido pela metade, por exemplo, jamais poderá ficar igual a zero. A Terra não é visível por todos os olhos a uma determinada distância, mas o seu aspecto existe nesse tempo, mesmo que não seja percebido, e vistas espirituais podem distingui-lo. Ademais, a imagem de um astro, levada nas asas da luz, se afasta por vezes a insondáveis profundezas nos obscuros desertos do vácuo.

Há no espaço vastas regiões sem estrelas, países dizimados pelo tempo, de onde os mundos se foram sucessivamente distanciando pela atração de focos exteriores. Ora, a imagem de um astro, atravessando esses negros abismos, se encontra na condição análoga à da imagem de uma pessoa ou objeto que o fotógrafo obtém na câmara escura. Não é impossível que essas imagens encontrem em tais vastos espaços um astro obscuro (a mecânica celeste constatou a existência de muitos), de condição particular, cuja superfície (formada de iodo, quiçá, a acreditar-se na análise espectral) seria sensibilizada e capaz de fixar sobre ela mesma a imagem do mundo longínquo. Assim viriam gravar-se os acontecimentos terrestres sobre um globo obscuro. E se tal globo gira sobre si próprio, tal qual os outros corpos celestes, apresentará sucessivamente suas diferentes zonas à semelhança da face terrestre e tomará a feição de fotografia contínua dos acontecimentos sempre subsequentes. Ademais, descendo ou subindo, segundo um eixo perpendicular ao seu equador, a linha onde as imagens se reproduzissem descreveriam não mais um círculo, e sim uma espiral, e, após terminar o primeiro movimento de rotação, as imagens novas não coincidiriam com as antigas e não se superporiam, e sim se seguiriam acima ou abaixo. A imaginação poderá agora supor que tal mundo não é esférico, mas cilíndrico, e ver assim no espaço uma coluna imperecível sobre a qual se gravariam e enrolariam na superfície os grandes acontecimentos da história terrestre... Eu próprio não vi tal realização. Tendo deixado a Terra havia pouco tempo, mal pude encetar a contemplação dos primeiros panoramas das maravilhas celestes. Assegurar-me-ei proximamente da realidade desse fato, se se verificou dentro da riqueza infinita das criações astrais, quer pela Natureza mesma, quer pela indústria das suas humanidades longínquas.

Quœrens – Se o raio luminoso partido da Terra jamais se destrói, ó mestre! as vossas ações se tornam eternas?

Lúmen – Vós o dissestes. Um ato que se realizou não poderá ser apagado e nenhuma potência terá força para o desfazer. Um crime é praticado em pleno campo deserto. O criminoso se afasta, permanece incógnito e supõe que o ato por ele realizado passou para sempre. Lavou as mãos; arrependeu-se; acredita sua ação apagada. Em realidade, porém, nada se destrói. No momento em que o crime foi consumado, a luz o apanhou e o transmitiu pelo céu com a rapidez do relâmpago, foi incorporado em um raio de luz eterna e eternamente se transmitirá no infinito. Eis uma boa ação praticada ocultamente; o benfeitor a escondeu: a radiação, visível ou não, dela se apossou. Longe de ser esquecida, subsistirá para todo o sempre.

Napoleão ceifou em plena floração da existência cinco milhões de homens, na média de seis lustros de idade, os quais deviam viver mais sete lustros, segundo os cálculos das probabilidades e das leis da vida humana. Isso vale por 175 milhões de anos que ele destruiu em vidas, sendo metade, aproximadamente, apenas para satisfazer sua ambição pessoal. Ele merecia, em expiação, ser conduzido no raio de luz que partiu das planícies de Warteloo, em 18 de junho de 1815; distanciar-se no espaço com a mesma velocidade da mesma luz; e ter constantemente ante os olhos o momento crítico em que viu esboroar-se, para sempre, a fogueira da sua vaidade; e sofrer, sem trégua, a dor do mesmo desespero; e ficar preso a esse raio de luz durante os milhares de séculos destruídos pela sua responsabilidade. Realmente, sem padecer tal vertiginosa viagem, ele tem constantemente ante a visão esse indelével pesadelo.

E se vos fosse dado entrever o que se passa na ordem moral, tão nitidamente quanto observais o que ocorre na ordem física, reconheceríeis vibrações e transmissões de uma outra natureza que fixam, nos arcanos do mundo espiritual, as ações e até os pensamentos mais secretos.

Quœrens – Vossas revelações são espantosas, ó Lúmen! Desse modo, são nossos destinos intimamente ligados à construção do próprio Universo. Eu pensei, algumas vezes, no problema especulativo de uma comunicação qualquer entre os mundos com o auxílio da luz. Muitos físicos têm idealizado a possibilidade de se estabelecerem um dia comunicações entre a Terra e a Lua, e mesmo entre os planetas, por meio de sinais luminosos. Mas, se pudesse fazer sinais da Terra a uma estrela, e se a luz respectiva empregasse, por exemplo, um século de percurso, o sinal da Terra não chegaria ao seu destino antes desse tempo e a resposta não nos viria antes de igual intervalo. Decorreriam dois séculos entre a pergunta e a resposta. O observador terrestre teria morrido de há muito, quando chegasse ao observador a sua mensagem sideral, e a este teria, sem dúvida, acontecido o mesmo, quando a sua resposta fosse lá recebida!...

Lúmen – Isso seria, com efeito, uma conversação entre vivos e mortos.

Quœrens – Perdoareis, mestre, uma derradeira questão, um tanto indiscreta... uma última, pois vejo Vênus empalidecer e sei que vossa voz vai cessar de se fazer ouvir.

Se as ações são de gênero a se tornar visíveis das regiões etéreas, poderemos ver, após nossa morte, não somente nossas próprias ações, mas ainda as dos nossos semelhantes, aquelas que nos interessem, bem entendido.

Por exemplo, um par de almas gêmeas e sempre unidas gostará de rever durante séculos as doces horas que passaram juntas na Terra; distanciar-se-á no espaço com a velocidade igual à da luz a fim de manter ante o olhar a mesma hora ditosa. Por outras palavras, um esposo seguirá com interesse a vida completa de sua companheira e, no caso de surgir algum particular detalhe inesperado, ele poderá examiná-lo com detença, e bem assim quantos lhe pareçam interessantes à sua sensibilidade... Poderá mesmo, se a companheira desencarnada residir em alguma região vizinha, atraí-la para observarem em comum tais fatos retrospectivos. Nenhuma negativa poderia prevalecer ante esse flagrante testemunho. Quem sabe se os Espíritos se proporcionam assim o espetáculo de alguns fatos íntimos?

Lúmen – No Céu, ó meu terrestre amigo, pouco se apreciam essas lembranças de ordem material, e muito me admiro de que estejais a isso preso ainda. O característico que vos deve particularmente impressionar, no conjunto dos fatos que constituem as nossas duas palestras, é que, em virtude das leis da luz, podemos rever os acontecimentos depois de ocorridos e até mesmo quando, depois de consumados, se hajam dissipado, em realidade.

Quœrens – Acreditai, mestre, que essa verdade jamais se apagará da minha memória. Foi precisamente esse ponto que me maravilhou. Esquecei a minha digressão anterior. Para vos falar a verdade, o que ultrapassa em muito a minha imaginação, desde a vossa primeira palestra, foi o pensar que a duração da viagem do Espírito pode ser não somente nula, negativa, mas ainda retrógrada. Tempo retrógrado! duas palavras que decerto estranham o encontrar-se juntas. Ousa-se acreditar? Partis hoje para uma estrela e chegais ontem! Que disse eu? ontem? chegareis há 26.300 dias. E ireis mais e mais longe e lá chegareis há um século! Seria necessário reformar a gramática.

Lúmen – É incontestável. Falando em estilo terrestre, não há erro em exprimir-se assim, pois que a Terra está em 1793, etc., para o mundo aonde chegamos. Aliás, tendes sobre o vosso globo mesmo certos paradoxos aparentes que, de longe, dão uma ideia disso. Por exemplo, o do recado telegráfico, que, enviado de Paris ao meio-dia, chega a Nova Iorque às 6 horas e 55 minutos da manhã.

Mas não são as aplicações particulares ou os aspectos curiosos que convém guardeis em vosso espírito, e sim a revelação de que eles são a forma da metafísica da qual se tornam a expressão sensível. Sabeis que o tempo não é uma realidade absoluta, mas somente uma transitória medida causada pelos movimentos da Terra no Sistema Solar. Considerado pelo olhar da alma e não pelos olhos do corpo, esse quadro não fictício, mas real, da vida humana, tal qual foi sem dissimulação possível, atinge, por um lado, o domínio da teologia — nesse em que se explica fisicamente um mistério ainda inexplicado: o do julgamento particular, e feito por nós mesmos, de cada um após a morte. Sob o ponto de vista do conjunto, o presente de um mundo não é uma realidade momentânea, que desaparece logo em seguida à sua aparição, um aspecto sem consistência, um alçapão no qual o futuro — atingido de catarata — tomba perpetuamente no passado, um plano matemático no espaço; é, bem ao contrário, uma realidade efetiva que se distancia deste mundo com a rapidez da luz e, embrenhando-se gradualmente no infinito, se converte assim num *presente eterno*.

A realidade metafísica desse vasto problema é tal que pode ser concebido no grau da onipresença do Universo em toda a sua duração. Os acontecimentos se esvaem para o local que lhes deu origem, mas perduram no espaço. Essa projeção sucessiva e sem fim de todos os fatos consumados em cada um dos mundos se efetua no seio do *Ser infinito*, cuja ubiquidade toca por esse modo cada coisa em uma permanência eterna.

Os acontecimentos realizados na superfície da Terra, desde sua origem, são perceptíveis no espaço a distâncias tanto mais longínquas quanto mais são eles recuados. Toda a história do globo e a vida de cada um dos seus habitantes poderiam ser, pois, vistas à vez pelo olhar que abrangesse esse espaço. Compreendemos opticamente, desse modo, que o Espírito eterno, presente em toda a parte, veja todo o passado em um mesmo momento. O que é verdade em nossa Terra é verdade de todos os mundos do espaço. Assim, a história inteira de todos os Universos está presente à vez na universal ubiquidade do Criador. Que olhos transcendentes possam realmente ver semelhante história, pouco importa: ela existe, ela está inscrita.

Posso ajuntar que Deus conhece todo o passado, não somente por essa vista direta, mas ainda pelo conhecimento de cada coisa presente. Se um naturalista, qual o foi Cuvier, soube reconstruir espécies animais desaparecidas apenas com o auxílio de ossamentas, o Autor da Natureza conhece pela Terra atual a Terra do passado, o sistema planetário e o Sol da época pretérita e todas as condições de temperatura, de agregações, de combinações pelas quais os elementos chegaram a formar os compostos existentes atualmente.

De outra parte, o futuro é também completamente presente a Deus em seus germens atuais quanto o passado o é em seus frutos. Cada acontecimento é ligado de maneira indissolúvel com o passado e o futuro. Este será também atraído pelo presente e, portanto, logicamente dedutível, e existe tão exatamente quanto o passado foi inscrito para que existisse e fosse reconhecível.

Para o Absoluto, o tempo não existe; o passado e o futuro são lidos na página aberta de um presente perpétuo.

Mas, repito, o ponto capital das nossas palestras foi fazer-se compreender que a vida passada dos mundos e dos seres existe sempre no espaço graças à transmissão sucessiva da luz por meio das vastas regiões do Infinito.

Quarta narrativa[17]
Anteriores vitae

Depois do dia em que se deu o nosso último encontro, ó Lúmen, 104 semanas se escoaram. Durante esse período, insensível para vós, habitantes do Espaço eterno, porém muito sensível para nós, os da Terra, elevei bastantes vezes meu pensamento rumo aos grandes problemas nos quais me iniciastes, e novos horizontes se desvendaram ante a visão da minha alma. Sem dúvida também, desde aquela vossa partida da Terra, as observações e os estudos vossos se acresceram sobre um campo de pesquisas cada vez mais vasto. Tendes, decerto, inumeráveis descobertas a entregar à minha inteligência mais bem preparada. Ah! se sou digno e se as posso compreender, narrai, ó Lúmen, as viagens celestes que conduziram vosso Espírito no rumo das esferas superiores, das verdades desconhecidas que vos foram reveladas, das perspectivas que vos foram abertas, dos princípios que vos foram ensinados sobre o misterioso assunto do destino dos homens e dos seres.

Lúmen – Preparei vossa alma, meu caro e velho amigo, para receber essas impressões estranhas que nenhum espetáculo terrestre jamais produziu nem seria capaz de engendrar. É necessário, não obstante, que torneis vosso Espírito inteiramente livre de qualquer preconceito terrestre. Quanto vou narrar causará pasmo, mas recebei tudo, primeiramente com atenção, qual se fosse uma verdade constatada, e não com a ideia de romance. É um primeiro esforço que reclamo do vosso estudioso ardor. Quando houverdes compreendido

---
[17] N. E.: Escrito em 1869.

(e compreendereis se empregardes nisso um critério matemático e uma alma livre), concebereis que todos os fatos constitutivos da nossa existência ultraterrestre são não somente possíveis, mas ainda verdadeiros e muito mais em harmonia íntima com as nossas faculdades intelectuais já manifestadas sobre a Terra.

Quœrens – Ficai certo, ó Lúmen, de que estou nisso de espírito liberto, despido de qualquer servidão intelectual e disposto ardentemente a escutar essas revelações que ouvido humano jamais ouviu.

Lúmen – Os acontecimentos que se farão objeto desta narrativa não têm somente a Terra e os astros vizinhos por cenário, mas se estendem pelos campos imensos da Astronomia sideral e farão que conheçamos verdadeiras maravilhas. Sua explicação será dada, tal qual as precedentes, pelo estudo da luz — ponto mágico projetado de um astro a outro, da Terra ao Sol, da Terra às estrelas —, da luz, movimento universal que enche os espaços, sustém os mundos em suas órbitas e constitui a vida eterna da Natureza. Preparai-vos com o maior cuidado para ter diante dos olhos *a transmissão sucessiva da luz no espaço*.

Quœrens – Sei que a luz, esse agente que torna os objetos visíveis ao nosso órgão visual, não se transmite instantaneamente de um ponto a outro, mas sucessivamente, tal qual tudo que se move. Sei que voa na razão de 300.000 quilômetros por segundo e que percorre três milhões em dez segundos, ou seja, 18 milhões em cada minuto. Sei que emprega mais de oito minutos em transpor a distância de 149 milhões de quilômetros que nos separam do Sol. A Astronomia moderna tornou essas noções muito familiares.

Lúmen – E vós imaginais exatamente o movimento ondulatório da luz?

Quœrens – Eu o creio. Comparo-o, de boa mente, com o do som, ainda que aquele se processe numa escala incomparavelmente mais vasta. Ondulações por ondulações, o som se propaga no ar. Quando os sinos vibram em continuado toque, seu mugido sonoro, que é percebido no mesmo momento em que o badalo bate por aqueles residentes em redor da igreja, só é recebido um segundo depois pelos que se encontram a três hectômetros e meio; dois segundos por quantos se achem além de sete hectômetros; três segundos mais tarde por aqueles estacionados à longitude de um quilômetro da igreja. Assim, o som chega, sucessivamente, de lugar em lugar, tão longe quanto possa ir. De igual modo, a luz vai, sucessivamente, de uma região mais vizinha a outra mais distante no espaço e se afasta dessa maneira, sem se extinguir, a longitudes que participam do infinito. Se pudéssemos ver, da Terra, um acontecimento que se desenrolasse na Lua; se, por exemplo, tivéssemos bons e eficientes instrumentos para perceber daqui a queda de um fruto tombado de uma árvore na superfície da Lua, não veríamos esse fato imediatamente à sua realização, mas um segundo e 1/4 depois, porque, para vir da distância da Lua, a luz emprega um segundo e 1/4, aproximadamente. Se pudéssemos ver, igualmente, um acontecimento ocorrido sobre um mundo situado dez vezes mais longe do que a Lua, só o perceberíamos passados 13 segundos da sua realização. Se esse mundo estivesse cem vezes mais afastado da Lua, tomaríamos conhecimento do fato 130 segundos decorridos da sua efetivação; mil vezes mais distante, só depois de 1.300 segundos, ou 21 minutos e 40 segundos depois. E assim progressivamente, na proporção das longitudes.

Lúmen – É exato, e sabeis ser essa a razão pela qual o raio luminoso, enviado da estrela Capela à Terra, emprega 864 meses para atingir tal destino. Se, pois, recebemos hoje o aspecto luminoso da estrela, dali saído há 3.744 semanas, reciprocamente os habitantes de Capela só poderão ver, hoje, a Terra de há 864 meses antes. A Terra reflete no espaço a luz que recebe do Sol e de longe parece brilhante, tal qual vos parecem Vênus e Júpiter, planetas iluminados pelo mesmo Sol que a ilumina. O aspecto luminoso da Terra, sua fotografia, viaja no espaço à razão de 300.000 quilômetros por segundo e só chega à distância da estrela Capela depois de 3.744 semanas de marcha ininterrupta. Eu vos recordo esses elementos para que, tendo-os bem exata e solidamente fixado no espírito, estejais apto para compreender, sem esforço, os acontecimentos ocorridos em minha vida ultraterrestre depois da nossa última palestra.

Quœrens – Esses princípios de óptica são claramente estabelecidos por mim. No dia seguinte ao da vossa morte, em outubro de

1864, quando vos acháveis (segundo me haveis confidenciado) rapidamente transferido a Capela, fostes surpreendido ao ver a cena dos astrônomos-filósofos dali observando a Terra de 1793 e um dos atos mais ousados da Revolução Francesa. Não fostes menos surpreendido revendo-vos criança, a correr nas ruas de Paris. E, aproximando-vos da Terra, a uma distância menor do que a de Capela, ficastes na zona onde chegava a fotografia terrestre partida à época da vossa infância e vos revistes na idade de pouco mais de um lustro, não em reminiscência, mas em realidade. De vossas narrações anteriores, é o que tenho maior dificuldade de crer, isto é, de compreender e de apreender com exatidão.

Lúmen – O que desejo fazer-vos compreender agora é bem mais surpreendente ainda, porém necessário se torna admitir os antecedentes para ouvir eficazmente o que se vai seguir. Distanciando-me de Capela e aproximando-me da Terra, eu revi as minhas 3.744 semanas de existência terrestre, minha vida inteira, diretamente, tal qual se desdobrou, isso porque, avizinhando-me da Terra, tinha ante mim zonas sucessivas de aspectos terrestres, trazendo na sua extensão a história visível do nosso planeta, inclusive a de Paris e da minha pessoa ali residente. Percorrendo retrospectivamente, em um dia, o caminho que a luz vence em 864 meses, havia eu revisto toda a minha existência em 24 horas e chegava a tempo para o meu enterro.

Quœrens – Equivale a, retornando de Capela para a Terra, haverdes encontrado 72 fotografias escalonadas de ano em ano. A de maior longitude da Terra, aquela mais remotamente saída, a que se encontrava à altura de Capela, mostrava 1793; a segunda, que partira um ano depois, e ainda não chegada lá, levava a imagem de 1794; a décima, 1803; a 36ª, chegada apenas à metade do caminho, dava o aspecto de 1829; a 50ª, 1843; a 71ª, 1864.

Lúmen – É impossível melhor assimilar essa realidade, que parece misteriosa e incompreensível ao primeiro golpe de vista. Agora eu vos posso narrar quanto me aconteceu em Capela depois de haver revisto minha existência terrestre.

I

Enquanto estava, havia pouco tempo ainda (mas não sei expressar esse tempo em rotações terrestres), ocupado, em meio de melancólica paisagem de Capela e no prólogo de uma noite transparente, a contemplar o céu estrelado, e nesse céu a estrela que é o vosso sol terreal, e na vizinhança dessa estrela o pequeno planeta azulado que é a vossa pátria; enquanto observava uma das cenas da minha primeira infância, minha jovem mãe sentada no meio de um jardim, trazendo em seus braços uma criança (meu irmão) e tendo ao lado outra criança que não contava ainda mais de duas primaveras (minha irmã) e um rapazinho com o dobro de idade desta (eu); enquanto eu me via nessa idade em que o homem não tem ainda consciência da vida intelectual e traz sem embargo disso na fronte o gérmen da sua vida inteira; enquanto pensava na singular realidade que me mostrava a mim mesmo no início da minha carreira terreal, sentia a atenção desviada do vosso planeta por um poder superior e meus olhares dirigirem-se a um outro ponto do céu que me pareceu ligado à Terra e à minha carreira nesse planeta por algum liame oculto. Não pude evitar que ficasse minha vista presa a esse novo ponto do céu: uma potência magnética a acorrentava. Várias vezes ensaiei retirar dali meu olhar e reconduzi-lo à Terra (que tanto estimo), mas, obstinadamente, voltava à estrela desconhecida.

Essa estrela, na qual a minha visão buscava, por assim dizer, instintivamente adivinhar alguma coisa, faz parte da constelação da Virgem, asterismo cuja forma varia um pouco, visto de Capela. É uma estrela dupla, isto é, a associação de dois sóis, um de brancura argêntea, outro amarelo-ouro vivo, que giram em torno mútuo, numa revolução de sete quartos de século. Vê-se essa estrela a olho nu, da Terra, e está inscrita sob a letra Gama (grega) da constelação da Virgem. Em volta de cada um dos sóis que a constituem, há um sistema planetário. Minha vista fixou-se sobre um dos planetas do sol de ouro.

Nesse planeta, existem vegetação e animais, à semelhança do que ocorre na Terra. Suas formas se aproximam das terrestres, posto que no fundo os organismos estejam aclimados de modo bem diferente.

Há um reino animal análogo ao vosso: peixes nos respectivos mares e quadrúpedes na sua atmosfera, onde os seres humanos voam, naturalmente, em razão da densidade atmosférica e do fraco peso. Os homens desse planeta apresentam aproximadamente a conformação humana terreal, embora o crânio seja despido de cabeleira; tenham nas mãos três polegares oposíveis, grandes e finos, em lugar de cinco dedos, e três outros no calcanhar, em vez de nas palmas dos pés; as extremidades dos braços e das pernas flexíveis qual se fossem de borracha; dois olhos, nariz e boca, o que torna suas fisionomias parecidas com as dos terráqueos. Não têm duas orelhas abertas lateralmente à cabeça, mas apenas uma, em forma de pavilhão cônico, instalada na parte superior do crânio à guisa de pequenino chapéu. Vivem em sociedade e não se exibem nus. Já vedes que, em suma, diferem pouco, exteriormente, dos habitantes da Terra.

Quœrens – Existem, pois, em outros mundos, seres tão diferentes de nós para que estes, malgrado tais dessemelhanças, mereçam ser comparados conosco?

Lúmen – Uma distinção profunda, inimaginável para vós, separa em geral as formas animadas dos diferentes globos. *Essas formas são o resultado dos elementos especiais a cada orbe e das forças que o regem:* matéria, densidade, peso, calor, luz, eletricidade, atmosfera, etc., diferem essencialmente de um mundo a outro. Em um idêntico sistema, essas formas já diferem. Assim, os homens de Titã, no sistema de Saturno, e os do planeta Mercúrio não se assemelham em nada aos homens da Terra; e aquele que os visse pela primeira vez não identificaria neles nem cabeça, nem membros, nem sentidos. Os do sistema planetário da Virgem, rumo aos quais meu olhar estava voltado com persistência toda passiva, assemelhavam-se, ao contrário, pela sua forma, a habitantes do globo terrestre. Igualmente se aproximavam pelo estado intelectual e moral. Algo inferiores a nós, estão colocados nos degraus da escada das almas que precedem imediatamente os que pertencem à Humanidade terráquea, no conjunto total.

Quœrens – A Humanidade terrestre não é homogênea em seu valor intelectual e moral, mas me parece muito diversificada.

Diferenciamo-nos bastante, nós, os europeus, das tribos da Abissínia e dos selvagens das ilhas da Oceania. Qual o povo que, para vós, representa o tipo grau médio da inteligência sobre o orbe terráqueo?

Lúmen – O povo árabe, capaz de produzir os Képleres, os Newtons, os Galileus, os Arquimedes, os Euclides, os d'Alembert, e, por outro aspecto, tocando, nas suas raízes, as hordas primitivas vinculadas aos rochedos de granito. Não é necessário, porém, escolher aqui um povo para protótipo; é preferível considerar o conjunto da civilização moderna. Além disso, não existe tão grande distância quanto poderíeis supor entre o entendimento de um preto e o de um cérebro da raça latina. De qualquer modo, se vos é indispensável, em absoluto, urna comparação, eu vos direi que os homens desse planeta da Virgem se encontram quase na situação intelectual dos povos escandinavos.

A diferença mais essencial existente entre tal mundo e a Terra está em não haver ali sexos, nem nas plantas, nem nos animais, nem na Humanidade. A geração dos seres se processa espontaneamente, em resultado natural de certas condições fisiológicas reunidas em algumas férteis ilhas do planeta, e os filhos não se formam em órgãos femininos, conforme acontece com as mães terrenas. Explicar semelhante processo seria inútil, atendendo a que não podeis julgar e compreender, fora das ideias terrestres, os fatos daquele planeta, completamente distintos. O resultado de tal situação orgânica é que o matrimônio não existe, em qualquer modalidade, nesse planeta, e que as amizades entre os humanos jamais têm a mescla das atrações carnais que sempre se manifestam aqui, mesmo nas relações amistosas mais puras entre duas pessoas de sexos diferentes. Vós vos lembrais, de resto, que durante o período protozoico os habitantes da Terra eram todos surdos-mudos e sem sexo. A divisão dos sexos só se fez relativamente tarde na história da Natureza, nos animais e nas plantas. Atraídos, conforme vos disse, para aquele longínquo planeta, os olhos de minha alma examinaram atentamente a respectiva superfície. Demoraram-se em particular, e sem que me apercebesse da razão predominante, sobre uma ilha branca, ao longe uma região coberta de neve, mas é bem provável que não se tratasse de neve, por inverossímil que pudesse existir água nesse planeta, nos mesmos estados físicos e químicos peculiares à Terra. Na orla dessa cidade, uma avenida conduzia a vizinho bosque, formado de árvores amarelas. Não tardei em assinalar especialmente na dita avenida três personagens que pareciam dirigir-se lentamente para o bosque. O pequeno grupo era formado por dois amigos, que pareciam conversar intimamente um com o outro, e por um ser, dessemelhante deles, pela vestimenta vermelha e pela carga que conduzia, aparentando tratar-se de um criado, escravo ou animal doméstico de ambos.

Enquanto mirava curiosamente as duas personagens principais, a da direita elevou o olhar para o céu, tal como se fosse atraída do alto por um balão e fixou-se precisamente para Capela, estrela que sem dúvida ela não divisava, pois a cena se passava durante o dia para a dita pessoa. Oh! meu velho amigo, jamais esquecerei a impressão súbita que me causou tal vista... Chego a duvidar de mim próprio quando em tal cogito... Esse ser do planeta da Virgem que me olhava sem me suspeitar presente era... ousarei dizer sem outro preâmbulo? Pois bem: era eu...

Quœrens – De que modo podia ser vós?

Lúmen – Eu próprio, em pessoa. Reconheci-me instantaneamente, e bem podeis avaliar a minha surpresa!

Quœrens – Sem dúvida! Mesmo porque não compreendo, disso, absolutamente nada.

Lúmen – O fato é que aí está uma situação completamente nova e que exige explicação.

Era eu, em verdade, e não tardei a reconhecer meu rosto e minha forma de outrora, mas ainda, na pessoa que andava a meu lado, um amigo íntimo, o meu caro Kathleen, que foi o meu companheiro de estudos nesse planeta. Eu nos segui com o olhar até o bosque dourado por meio de valezinhos deliciosos, sombreados de áureas cúpulas, de árvores cobertas de largas ramarias de nuanças alaranjadas e por entre bordos de folhagens cor de âmbar! Uma fonte murmurante gorjeava sobre a areia fina e nos sentamos às suas margens. Recordo as doces horas que passamos juntos, dos belos e muitos 365 dias escoados nessa terra longínqua, das nossas confidências muito fraternais, das impressões mútuas que experimentávamos ante as formosas paisagens do bosque, em face das planícies cheias de silêncio, das colinas vaporosas, dos pequenos lagos que sorriam do céu. Nossas aspirações se elevavam rumo à grande e santa Natureza, e adorávamos Deus em suas criações. Com que ventura eu revi essa fase da minha precedente existência e reatei a corrente dourada interrompida sobre a Terra! Em verdade, meu caro Quœrens, era bem eu quem vivia, então, nesse planeta da Virgem. Eu me via realmente e podia prosseguir observando a série das minhas ações e rever diretamente os melhores momentos dessa existência já longínqua. Além disso, se houvesse duvidado da minha identidade, a incerteza teria sido desfeita durante a observação, porque, enquanto eu me considerava, vi sair do bosque e aproximar-se o meu irmão dessa existência, Berthor, que veio reunir-se à nossa conversação no beiral da fonte murmurante.

Quœrens – Mestre, não consigo compreender de que maneira vos pudestes ver, em tal realidade, sobre esse planeta da Virgem. Tínheis o dom da ubiquidade? Podíeis estar, à semelhanças de Francisco de Assis ou Apolônio de Tiana, em dois sítios simultaneamente?

Lúmen – De modo algum. Examinando as coordenadas astronômicas do sol Gama da Virgem e conhecendo sua paralaxe, vista de Capela, cheguei a constatar que a luz desse sol não podia empregar menos de 2.064 meses para atravessar a distância que o separa de Capela.

Eu recebia, pois, naquela atualidade, o raio luminoso saído desse mundo 8.944 semanas antes. Ora, verifica-se que, a essa época, eu vivia precisamente na face do planeta de que se trata e estava no meu 20º ano de existência.

Verificando as idades e comparando os diferentes estilos planetários, reconheci, com efeito, haver nascido nesse mundo da Virgem no ano 45.904 (correspondente ao ano 1677 da era cristã da Terra) e morrido de acidente no ano 45.913, que corresponde ao ano 1767. Cada ano desse planeta equivale a 10 dos nossos. No momento em que me via, conforme vos narrei, parecia contar 20 de idade, terrestremente falando, mas, no estilo do dito planeta, contava apenas dois. Atinge-se ali, muitas vezes, 15, que passa por ser o limite da vida em tal globo e equivale a século e meio das eras terrestres.

O raio luminoso, ou, para falar mais exatamente, a fotografia desse mundo da Virgem — empregando 2.064 meses terráqueos para atravessar a imensa extensão que o separa de Capela, e estando eu neste último, eu a recebia somente agora com a imagem da constelação da Virgem de 8.944 semanas antes. E, ainda que as coisas se hajam vigorosamente modificado depois; que muitas gerações se hajam sucedido; que eu próprio tenha morrido e, depois dessa época, tido tempo de renascer uma nova vez, e viver quase três quartos de século sobre a Terra, contudo, a luz havia empregado todo esse interregno em percorrer seu trajeto da Virgem a Capela e trazia-me impressões frescas de tais acontecimentos desaparecidos.

Quœrens – A duração do trajeto da luz, nada mais tenho a objetar quanto a tal ponto. Não posso, no entanto, furtar-me à confissão de que semelhante singularidade ultrapassa tudo quanto eu podia esperar da faculdade criadora da imaginação.

Lúmen – Não existe imaginação aqui, meu amigo, e sim uma realidade eterna e sagrada que tem seu lugar respeitável no plano da criação universal. A luz de todo astro, direta ou refletida, de alguma sorte diz o aspecto de cada sol e de cada planeta, expandindo-se no espaço segundo a velocidade que conheceis, e o raio luminoso contém tudo quanto existiu. E porque nada se perde, a história de cada mundo, contida na luz que dele emana incessante e sucessivamente, atravessa por toda a eternidade o espaço infinito sem que jamais possa ser aniquilada. O olhar humano não a saberia ler. Há, porém, olhos superiores aos terrestres. Se uso nestas narrativas os vocábulos ver e luz, é apenas para me tornar compreensível, mas, conforme assinalamos em palestra anterior, falando de modo absoluto, não existe luz: há vibrações do éter; não existe vista: há percepções do pensamento. Além disso, mesmo na Terra, quando examinais no telescópio, ou melhor ainda, no espectroscópio, a natureza de uma estrela, sabeis muito bem não estar ante os olhos o aspecto atual, mas o passado, que um raio de luz vos trouxe, partido de lá talvez há 100 séculos... Não ignorais também que um certo número de astros, dos quais vós, astrônomos da Terra, buscais atualmente determinar os elementos físicos e numéricos, e que brilham luminosamente sobre vossas cabeças, podem muito bem não mais existir desde o início do mundo terráqueo.

Quœrens – Sabemos. Assim, vistes desenrolar-se, em retrocesso, vossa existência anterior — 864 meses depois de transcorrida.

Lúmen – Melhor dizendo, uma fase dessa existência. Eu teria podido, porém, evidentemente, revê-la por inteiro, aproximando-me daquele planeta, a exemplo do que fizera para com a minha existência terrena.

Quœrens – De sorte que haveis revisto na luz vossas duas últimas encarnações?

Lúmen – Exatamente, e mais, eu as vi e as vejo ainda juntas, simultaneamente, de algum modo, uma ao lado da outra.

Quœrens – Vós as revedes ao mesmo tempo?

Lúmen – O fato é fácil de compreender. A luz da Terra despende 864 meses para atingir Capela. A do planeta da Virgem (quase vez e meia mais distante de Capela) gasta 2.064. Ora, vivendo eu há 864 meses sobre a Terra e um século antes em outro planeta, essas duas épocas me chegaram precisamente juntas em Capela. Tenho, pois, diante de mim, olhando para os ditos mundos, minhas duas últimas existências, que se desenrolam tal como se eu não estivesse aqui para vê-las e sem que me seja possível mudar coisa alguma dos atos em via de realização, em uma ou outra, uma vez que tais atos, embora presentes e futuros para minha observação atual, ocorreram em realidade.

Quœrens – Estranho! Verdadeiramente, bem estranho!

Lúmen – O que mais me impressiona nessa observação inesperada das minhas duas existências — desdobradas juntas e presentemente em mundos diferentes — e o que surpreende mais singularmente minha atenção é que essas vidas se assemelham da maneira mais bizarra. Vejo que tive mais ou menos os mesmos gostos, numa e noutra, idênticas paixões, iguais erros. Nem criminoso, nem santo, na primeira e na segunda. Demais (coincidência admirável!) vi, na primeira, paisagens análogas às que tenho visto sobre a Terra. Assim, tenho a explicação do gosto inato que trouxe, quando vim à Terra, pela poesia do Norte, pelas narrativas legendárias de Ossian, pelas paisagens sonhadoras da

Irlanda, as montanhas e as auroras boreais. A Escócia, a Escandinávia, a Suécia, a Noruega, com os seus fiordes, o Spitzberg com as suas solitudes, me atraíram. As velhas torres arruinadas, os rochedos e as gargantas selvagens, os pinheiros sombrios, sob os quais murmuram os ventos do norte, tudo isso me parecia ter na face da Terra alguma relação oculta com os meus pensamentos íntimos. Quando vi a Irlanda, pareceu-me que ali havia eu já vivido. Quando fiz pela primeira vez a ascensão do Rigi e do Finsterahorn e assisti ao despontar esplêndido do Sol nos píncaros nevados dos Alpes, pareceu-me ter visto outrora esses aspectos. O espectro de Brocken não me pareceu novidade. É que eu havia habitado anteriormente regiões análogas no planeta da Virgem. Mesma vida, iguais ações, idênticas circunstâncias, mesmas condições. Analogias, analogias! Quase tudo que havia visto, feito, pensado sobre a Terra eu tinha já visto, feito, pensado um século antes nesse mundo anterior.

E eu havia sempre duvidado!

O conjunto da minha vida terrena é, no entanto, superior ao da existência precedente. Cada criança traz, ao nascer, faculdades diferentes, predisposições especiais, dissemelhanças inatas, além de incontestáveis, que não se podem explicar ante o espírito filosófico e diante da Justiça eterna, senão pelos labores anteriormente realizados pelas almas livres. Mas, embora a minha vida seja superior à que a antecedeu, principalmente sob o ponto de vista do conhecimento mais exato e mais profundo do sistema do mundo, devo, sem embargo disso, salientar que certas faculdades físicas e morais, possuídas anteriormente, me faltaram sobre a Terra. Reciprocamente, possuía neste mundo faculdades que não havia recebido na existência precedente.

Assim, por exemplo, entre as faculdades que me faltaram na Terra, citarei principalmente a de voar. No planeta da Virgem, vi que voava tantas vezes quantas andava, e isso sem aparelho aeronáutico e sem asas, simplesmente com os braços e pernas, tal qual se nada entre as águas. Examinando bem esse modo de locomoção, que eu me via claramente empregar naquele planeta, reconheci sem dificuldade não ter (que eu não tinha, quero dizer) nem asas, nem balões, nem hélice.

A um momento dado, eu me impulsiono do solo, qual se fosse por um golpe de salto, com as pernas, e, estendendo os braços, nado sem fadiga, no ar. Além disso, descendo, a pé, escarpada montanha, eu me projeto para diante no espaço, tornozelos unidos, e desço lenta e obliquamente, por minha vontade, até onde meus pés tocam o chão e me encontro firme, ereto. Mais ainda: voo lentamente, ao modo de um pombo que descreve uma curva para entrar no pombal. Isso, o que me vi fazendo distintamente nesse mundo. Pois bem: não foi só uma vez, mas centenas de vezes, mil quiçá, em que me senti arrebatado na forma dos meus sonhos terrestres. Exatamente assim, doce e naturalmente, sem auxílio de aparelhos. Como poderiam tais impossibilidades surgir tantas vezes em nossos sonhos? Nada as justificariam; nada de análogo existe sobre o globo terrestre. Para obedecer instintivamente a semelhante tendência inata, em várias oportunidades, eu me atirei na atmosfera, suspenso à bolha de gás de um aeróstato, mas a impressão não é a mesma. Não se sente voar e acredita-se estar quase imóvel. Tenho agora a explicação dos meus sonhos: enquanto dormiam meus sentidos terrestres, à alma afloravam as reminiscências da existência anterior.

Quœrens – Também eu, repetidas vezes, sinto-me voar em sonho e exatamente assim, por um movimento do corpo — movido pela vontade, sem asas e sem aparelhos. Será que eu já vivi no planeta da Virgem?

Lúmen – Ignoro. Se possuísseis vista transcendente, o sentido das percepções etéreas, ou instrumentos apropriados, poderíeis, mesmo do vosso globo, aperceber esse planeta, examinar-lhe a superfície, e, se acaso ali houvésseis existido, à época em que de lá partiram os raios luminosos agora chegados à Terra, poderíeis talvez reencontrar-vos neles. Tendes, porém, olhos muitíssimo imperfeitos para tentar semelhante pesquisa. Aliás, não é indispensável que tenhais habitado aquele mundo para possuir a faculdade da aviação. Há um considerável número de mundos onde o voo constitui o estado normal e onde toda a raça humana só vive por esse dom. Na realidade, em poucos planetas, os seres rastejam pelo modo dos da Terra.

Quaerens – Resulta da visão precedente que a vossa existência terreal não é a primeira e que, antes de viver na Terra, já havíeis habitado um outro mundo. Acreditais, por isso, na pluralidade das existências para a alma?

Lúmen – Esqueceis que falais a um Espírito desencarnado? Tenho de me render à evidência, ante a visão da minha vida terrestre e da anterior no planeta virginal. Recordo-me, além disso, de muitas outras existências.

Quœrens – Eis precisamente o que me falta para estabelecer em mim uma convicção. Não me lembro, em absoluto, de coisa alguma que tenha podido preceder meu nascimento terrestre.

Lúmen – Estais ainda encarnado. Aguardai vossa liberdade para que possais lembrar-vos da vida espiritual. A alma não tem plena memória, integral posse de si mesma, senão na sua vida normal, na vida celeste, isto é, entre suas encarnações. Só então ela vê, não somente a sua vida terreal, mas ainda as outras existências precedentes.

De que modo a alma, envolta nos liames grosseiros da carne terrestre, e aí acorrentada para um trabalho transitório, poderia recordar-se da sua vida espiritual? Quantas vezes tal lembrança seria prejudicial? Que entraves não traria à liberdade dos atos se tal recordação mostrasse à alma suas origens e seu destino? Qual mérito poderia ter se conhecesse as sanções futuras? As almas encarnadas na Terra ainda não atingiram um grau de progresso bastante elevado para que a lembrança do seu estado anterior lhes possa ser útil. A imanência das impressões psíquicas não se manifesta neste orbe de passagem. A lagarta recorda acaso a sua vida rudimentar no casulo? A crisálida adormecida tem reminiscência dos dias empregados no labor quando se rojava sobre as plantas rasteiras? A borboleta, que voa de flor em flor, não precisa recordar o tempo em que a sua múmia sonhava suspensa na teia, nem o crepúsculo no qual a sua larva se arrastava de erva em erva, nem à noite quando a casca de uma pevide a envelopava. Isso não impede que o óvulo, a lagarta, a crisálida e a borboleta sejam um único e mesmo ser.

Em alguns casos da própria vida terrena, tendes exemplos notáveis da ausência de recordação, tais os do sonambulismo, natural ou provocado, e os de certas condições psíquicas que a moderna ciência estuda. Não existe, pois, nada de surpreendente no fato de que, durante uma existência, seja esquecida a anterior. A vida urânica e a vida planetária representam dois estados distintos um do outro.

Quœrens – Entretanto, mestre, já tendo vivido outra existência, alguma coisa dessa anterior vida devia perdurar. De outro modo, tais encarnações equivalem a inexistentes.

Lúmen – E não representa nada o chegarmos à Terra trazendo aptidões inatas? A hereditariedade intelectual não existe. Duas crianças, nascidas do mesmo pai e da mesma mãe, recebendo idêntica educação, são objeto dos mesmos cuidados, habitando o ambiente. Examinemos cada um. São iguais? De modo algum: a igualdade das almas não existe. Este tem instintos pacíficos e uma vasta inteligência: será bom, laborioso, sábio, circunspecto, ilustre quiçá entre os pensadores. Aquele traz consigo instintos perversos: será mandrião, invejoso, gatuno, assassino. Fraca ou fortemente acentuada, tal dessemelhança de caráter, que não depende nem da família, nem da raça, nem da educação, nem do estado corporal, se manifesta em todos os seres. Os ascendentes dos maiores entre os grandes homens não brilharam por um Espírito Superior e até mesmo, na maior parte do tempo, não compreenderam o seu descendente ilustre. A alma não se transmite pela geração. Nisso podeis refletir com os vossos próprios recursos: chegareis à convicção de que a diversidade absoluta das almas não encontra sua razão de ser fora dos estados anteriores.

Quœrens – A maior parte dos filósofos e dos doutores teólogos não tem ensinado que a alma é criada ao mesmo tempo em que o corpo?

Lúmen – Em que momento preciso? pergunto eu. Na ocasião do nascimento? A lei e também a fisiologia anatômica sabem perfeitamente que a criança vive antes de ser liberta das entranhas maternas, e destruir um nascituro de oito meses é já cometer um assassínio. A que tempo supondes que a alma apareceria no cérebro fluido do feto ou do embrião?

Quœrens – Os antigos julgavam que a verdadeira animação espiritual do ser humano chega durante a sexta semana da gestação. Os modernos tendem a fixá-la no momento em que a concepção se opera.

Lúmen – Ó derrisão amarga! vós pretendeis que os desígnios eternos do Criador fossem submetidos na sua execução ao caprichoso desejo, flama intermitente de dois corações apaixonados! Ousais admitir que nosso ser imortal é criado ao contacto de duas epidermes. Estais dispostos a crer que o Pensamento supremo governador dos mundos se colocaria à disposição do acaso, da intriga, da paixão e, algumas vezes, do crime! Julgais que o número das almas dependeria do número das flores tocadas pela meiga poeira do pólen de asas douradas? Uma semelhante doutrina, tal suposição não é atentatória da dignidade divina e da grandeza espiritual da nossa própria alma? E, além disso, não seria a materialização completa da nossa faculdade intelectual?

Quœrens – Logo...

Lúmen – Sim, efetivamente, assim parece porque, em vosso planeta, alma nenhuma se pode encarnar sem ser sob a forma de embrião humano. É uma lei da vida terrena. Mister se faz, porém, ver por meio do véu. A alma não é um efeito; o corpo lhe serve apenas de vestimenta.

Quœrens – Concordo em que seria muito singular se um acontecimento tão importante quanto a criação da alma imortal ficasse subordinado a uma causa carnal, fosse o resultado fortuito de uniões mais ou menos legítimas. Convenho também em que a diferença das aptidões que cada um traz, ao entrar neste mundo, não pode ser explicada pelas causas orgânicas. Eu me pergunto, porém, para que serviriam muitas existências se, quando se recomeça uma nova vida, não se tem recordação das precedentes. Eu me interrogo mais, se é verdadeiramente desejável termos em perspectiva uma viagem sem fim, por meio dos mundos, e uma transmigração eterna. Afinal, é preciso que tudo isso tenha um termo e que, após tantos séculos de viagem, concluamos em um repouso. Senão, tanto vale como se descansássemos imediatamente depois de uma única existência...

Lúmen – Ó homens! não conheceis nem o espaço, nem o tempo; ignorais que fora do movimento dos astros o tempo não existe mais e que a eternidade não é mensurável; não sabeis que, no infinito da extensão sideral do Universo, o espaço é vã palavra e também não tem medida; desconheceis tudo: princípios, causas, tudo vos escapa;

átomos efêmeros sobre um átomo que se move; não tendes a respeito do Universo nenhuma apreciação exata; e numa ignorância assim, em tal obscuridade, pretendeis tudo julgar, tudo abranger, tudo apreender! Seria, porém, mais fácil encerrar o oceano em uma concha de noz do que fazer assimilar a lei dos destinos pelo vosso cérebro terrestre. Não vos podeis, pois, fazendo uso legítimo da faculdade de indução que vos foi dada, deter nas consequências diretas resultantes da observação razoável. A observação raciocinada vos demonstra que não somos iguais ao chegar a este mundo; que o passado é semelhante ao futuro e que a eternidade posta a nossa frente também se acha para trás; que nada se cria na Natureza e coisa alguma se aniquila; que a Natureza se estende a toda coisa existente e que Deus, espírito, lei, número, não são fora da Natureza outra coisa que matéria, peso, movimento; que a verdade moral, a justiça, a sabedoria e a virtude existem na marcha do mundo tão bem quanto a realidade física; que a justiça ordena a equidade na distribuição dos destinos; que os nossos destinos não se cumprem sobre o planeta terrestre; que o céu empíreo não existe e a Terra é um astro do céu; que outros planetas habitados planam com o nosso na imensidão, abrindo às asas da alma um território inesgotável; e que o infinito do Universo corresponde, na Criação material, à eternidade das nossas inteligências na Criação espiritual. Tais certezas, acompanhadas das induções que nos inspiram, não são suficientes para libertar vosso Espírito dos velhos preconceitos e entregar ao seu livre julgamento um panorama digno dos vagos e profundos anseios de nossas almas?

Eu poderia ilustrar esse esboço geral com exemplos e detalhes que vos impressionariam talvez por muito tempo. Que me baste acrescentar isto: há dentro da Natureza outras forças além das que conheceis, cuja essência, e bem assim o modo de ação, diferem da eletricidade, da atração, da luz, etc. Ora, entre essas forças naturais desconhecidas, uma existe em particular cujo estudo ulterior trará singulares descobertas para elucidar o problema da alma e da vida. É a força psíquica. Essa força fluídica invisível estabelece uma ligação misteriosa entre os seres vivos, despercebidamente para eles, e já em muitas circunstâncias pudestes reconhecer a sua existência. Eis dois entes que se amam; impossível lhes é viverem separados. Se o império das circunstâncias acarretar um afastamento, os nossos dois namorados ficarão desorientados, e suas almas estarão repetidamente ausentes do corpo para que se possam reunir por meio das distâncias. Os pensamentos de um serão comuns ao outro; viverão juntos, apesar da separação. Se alguma desgraça vier atingir um deles, o outro sofrerá o contragolpe. Tem-se visto a ocorrência dessas separações causar a morte. Quantos fatos não tendes constatado, sob testemunhos irrefragáveis, de aparição espontânea de uma pessoa a amigo íntimo, de esposa ao marido, de mãe a um filho, e reciprocamente, ocorrida no momento preciso da morte da pessoa que aparece, morte que ocorre muitas vezes a grande distância? A crítica, por mais severa, não pode hoje negar esses fatos autenticamente constatados. Duas crianças gêmeas, vivendo a cem quilômetros uma da outra, em condições muito diferentes, são acometidas simultaneamente de idêntica moléstia, ou se um se fadiga além do natural, o outro se ressentirá de indisposição sem causa aparente. E assim por diante. Esses fatos múltiplos provam a existência de ligações simpáticas entre as almas, e mesmo entre os corpos, e nos convidam a constatar, uma vez mais, estarmos bem distantes do conhecimento de todas as forças em ação dentro da Natureza.

Se eu vos entrego a esses quadros, ó meu amigo, é para vos mostrar, principalmente, que podeis pressentir a verdade antes mesmo de morrer e que a existência terrestre não é tão desprovida de luz a ponto de impedir que, pelo raciocínio, se chegue a conhecer os traços precípuos do mundo moral. Ademais, todas essas verdades deviam ressaltar do prosseguimento das minhas narrativas quando vos demonstrei que vira não somente a minha penúltima existência diretamente, graças à lentidão da luz, mas ainda a antepenúltima vida planetária e, até o presente, mais de dez existências que precederam aquela na qual nos conhecemos sobre a Terra.

A serventia científica que as nossas conversações vos podem trazer é o haver demonstrado que a luz constitui o modo de transmissão da história universal.

Segundo a lei de tal transmissão sucessiva da luz, todos os acontecimentos do Universo, a história de todos os mundos, são espargidos no espaço em quadros imperecíveis, verídicos e grandiosos, da Natureza inteira.

II

Quœrens – A reflexão e o estudo, ó Lúmen, já me haviam feito próximo da crença na pluralidade das existências da alma. Mas, estando tal doutrina longe de ter em seu favor provas lógicas, morais e mesmo físicas, tão numerosas e tão evidentes quanto a da pluralidade dos mundos habitados, confesso que até agora a dúvida permanecia no meu pensamento. A óptica moderna e o cálculo transcendental, que nos fazem, por assim dizer, tocar os outros mundos com a ponta dos dedos, mostram o decurso do ano, das estações, dos dias desses mundos, fazem com que assistamos às variações da Natureza viva nas suas superfícies. Todos esses elementos permitiram à Astronomia contemporânea fundar a doutrina da existência humana nos outros astros sobre base sólida e imperecível. Mas, ainda uma vez, não ocorre o mesmo com a palingenesia e, embora pendendo fortemente para a transmigração das almas em um verdadeiro céu (pois que é meio único pelo qual podemos representar a vida eterna), minhas aspirações reclamam, no entanto, para que se sustenham e consolidem, uma luz que não tive ainda.

Lúmen – É precisamente essa luz que se faz objeto de nossa conversação de hoje, e desta se evidenciará. Tenho, confesso, uma vantagem sobre vós, pois posso falar *de visu* e limito-me rigorosamente ao papel de intérprete fiel dos acontecimentos com os quais a minha vida espiritual é, na atualidade, entretecida. Vossa inteligência, sabendo agora compreender a possibilidade, a verossimilhança da explicação científica da minha narrativa, só pode, ouvindo-me, aumentar o seu saber.

Quœrens – É por esse motivo, principalmente, que sempre estou sedento da vossa palavra.

Lúmen – A luz, compreendestes, se encarrega de dar à alma desencarnada a vista direta das respectivas existências planetárias. Depois de haver revisto minha vida terrestre, vi a penúltima sobre um planeta da Gamma-Virginis. Não se me apresentando aquela, pela luz, senão decorridos 864 meses, e a outra após 2.064, hoje eu vejo, de Capela, o que fui, na Terra, no primeiro dos tempos, e o que fui, no mundo virginal, há 8.944 semanas. Eis, pois, duas existências passadas e sucessivas que se tornaram para mim presentes e simultâneas aqui, em virtude das leis da luz que a mim as transmite.

Há cinco séculos, aproximadamente, vivi em um mundo cuja posição astronômica, vista da Terra, é precisamente a do seio de Andrômeda, do seio esquerdo. Os habitantes desse orbe mal suspeitaram decerto que os cidadãos de um pequeno planeta do espaço reuniram as estrelas por linhas fictícias, traçaram figuras de homens, mulheres, animais, objetos diversos e incorporaram todos os astros (para lhes dar uma denominação) nessas figuras mais ou menos originais. Espantar-se-iam muitos homens planetários se lhes dissesse que, na Terra, certas estrelas têm o nome de Coração do Escorpião (que coração!), Cabeça de Cão, Cauda da Grande Ursa, Olho de Touro, Colo do Dragão, Testa de Capricórnio! Não ignorais que as constelações desenhadas sobre a esfera celeste, as posições das estrelas nessa esfera não são reais, nem absolutas, mas unicamente fundadas na situação da Terra no espaço e, assim, não passam de uma simples questão de perspectiva. Aquele que, do alto da montanha, apreende o panorama circular e fixa do seu plano a posição correspondente de todos os píncaros que lhe são visíveis, das colinas, dos vales, dos povoados, dos lagos, traça um mapa que serve somente para o lugar onde se encontra. Se se transportar à distância de 20 quilômetros, os mesmos cumes são visíveis, mas situados já em posições recíprocas completamente diversas, em resultado da mudança de perspectiva. O panorama dos Alpes e do Oberland, visto de Lucerna e do Pilato, não se assemelha em nada ao que se observa do Faulhorn ou da Scheinige-Platte, acima de Interlaken. E, no entanto, são os mesmos cimos e os mesmos lagos. Outro tanto acontece com as estrelas. São vistas quase as mesmas da estrela Delta da Andrômeda e da Terra. Contudo, não há constelação alguma que possa ser fixada; todas as perspectivas celestes mudaram; as estrelas da primeira grandeza passaram a segunda e terceira; algumas de ordem mais inferior, vistas de mais perto, tomaram esplendor brilhante e, principalmente, a respectiva situação de umas para com as outras variou como resultado da diferença de posição entre essa estrela e a Terra.

Quœrens – Assim, as constelações, que durante tanto tempo se acreditou traçadas irrevogavelmente sob a cúpula celeste, são fruto apenas da perspectiva. Mudando de posição, as perspectivas mudam, e o céu já não é o mesmo. Então, devíamos nós mesmos ter a mudança das perspectivas celestes a seis meses de intervalo, porque, nesse interregno, a Terra tem variado fortemente de posição e se acha a 298 milhões de quilômetros de distância do ponto que ocupava um semestre antes.

Lúmen – A objeção prova que haveis compreendido perfeitamente o princípio da deformação das constelações à medida que se avança de qualquer lado do espaço. Seria tal qual enunciastes se, com efeito, a órbita terráquea fosse de dimensão bastante vasta para que dois pontos opostos dessa órbita pudessem mudar o aspecto da paisagem celeste.

Quœrens – Quase 300 milhões de quilômetros.

Lúmen – Nada representam na ordem das distâncias celestes e não podem cambiar as perspectivas das estrelas, assim como um passo sob o zimbório do Panteão não mudaria para o observador a posição aparente dos edifícios de Paris.

Quœrens – Certos mapas da Idade Média dão ao zodíaco a função de sustentáculo do Empíreo e colocam algumas constelações, Andrômeda, Lira, Cassíope e Águia, na mesma região dos Serafins, Querubins e Tronos. Seria isso alta fantasia se as constelações não existissem em realidade e, afinal, se deve a simples aproximações aparentes, devidas à perspectiva?

Lúmen – Evidentemente. O antigo céu teológico não tem hoje mais razão de ser, e o próprio bom senso testemunha a sua inexistência. Duas verdades não se podem opor uma à outra. É necessário que o céu espiritual se acomode com o céu físico. É isso que as minhas diferentes palestras têm por especial objeto demonstrar-vos.

No mundo de Andrômeda, do qual vos falo, não se tem, com efeito, mais coisa alguma da Constelação desse nome. As estrelas que, vistas da Terra, parecem reunidas e serviram para desenhar sobre a paisagem celeste a figura da filha de Cefeu e de Cassíope estão disseminadas na vastidão a todas as distâncias e em todas as direções. Não seria possível reencontrar, lá junto, nem alhures, o menor vestígio dos traços da mitologia terrena.

Quœrens – A poesia aí perde... Seria certamente uma doce satisfação saber que vivera uma existência inteira no seio de Andrômeda. Isso tem encanto. Está aí todo um conjunto de perfume mitológico e uma sensação vital. Estimaria certamente a ela ser transportado, sem temor do monstro que a morde, sem pensar nas cadeias que a acorrentam à ribanceira e sem inquietação pelo jovem Perseu, acompanhado da sua cabeça de Medusa e do famoso Pêgaso. Agora, porém, graças ao escalpelo da ciência, não existe mais a princesa exposta sem véus na borda das vagas, nem Virgem empunhando a espiga de ouro, nem Órion perseguindo as plêiades. Vênus desapareceu de nosso céu crepuscular, e o velho Saturno deixou a foice cair na noite. A ciência fez tudo isso desaparecer! Lamento esse progresso.

Lúmen – Preferis, pois, a ilusão à realidade? Não sabeis ainda que a verdade é incomparavelmente mais bela, maior, mais admirável e maravilhosa mesmo do que o erro mais bem ornamentado? Que há de comparável, em todas as mitologias passadas e presentes, com a contemplação científica das grandezas celestes e dos movimentos da Natureza? Que impressão poderia tocar mais profundamente do que o fato da imensidão ocupada pelos mundos e da enormidade dos sistemas siderais? Que palavra é mais eloquente do que o silêncio de uma noite estrelada? Que imagem seria capaz de transportar o pensamento a um abismo de assombro mais implacável do que essa viagem intersideral da luz, tornando eternos os acontecimentos transitórios da vida de cada mundo? Despojai-vos, pois, ó meu amigo, dos vossos antigos erros e sede verdadeiramente digno da majestade da ciência. Escutai o que se segue.

Em virtude do tempo que a luz emprega para vir do sistema de Andrômeda a Capela, eu revi, depois da nossa última palestra, minha antepenúltima existência, vivida há cinco séculos e meio. Esse mundo é singular para nós. Só existe ali um reino, o animal, à superfície. O reino vegetal não existe. Mas aquele é bem diferente do nosso. Sua espécie superior, sua espécie inteligente só tem quatro sentidos, porém, nenhum dos nossos, salvo talvez o da vista, diferente, todavia. É um mundo sem sono e sem fixidez. Está inteiramente envolto por um oceano róseo, menos denso do que a água terrestre e mais do que o ar. É uma substância que forma o ambiente no grau intermediário entre o ar e a água. Não busqueis fazer dele ideia exata, pois seria inútil esforço, atendendo-se a que a química terreal não vos pode oferecer uma substância semelhante. O gás, ácido carbônico, que se forma invisível no fundo de um copo e se despeja juntamente com o líquido, pode oferecer-vos uma imagem. Tal estado provém de uma determinada quantidade de calor e de eletricidade em permanência sobre esse globo. Não ignorais que sobre a Terra, na textura de todos os seres minerais, vegetais e animais, só existem três estados para os corpos: o sólido, o líquido e o gasoso, e que esses três estados têm por origem o calor projetado do Sol à superfície do orbe terrestre. O calor interno do globo exerce ação insensível sobre dita superfície. Menor aquecimento solar liquefaria os gases e solidificaria os líquidos; maior calor fundiria os sólidos e evaporaria os líquidos. Basta supor maior ou menor quantidade de aquecimento para produzir ar líquido (ar líquido, entendeis?) e mármore gasoso. Se, por uma causa qualquer, o planeta terreal deslizasse lentamente sobre a tangente da sua órbita e se distanciasse na obscuridade gelada do espaço, veríeis toda a água terrestre tornar-se sólida, e os gases, por sua vez, liquefazerem-se e, depois, se solidificarem... Veríeis? Não, vós não veríeis, permanecendo na Terra, mas poderíeis, do fundo do espaço, assistir ao curioso espetáculo se o vosso globo entendesse escapar pela tangente. E notai, além disso, que, se a chegada a esse frio colossal se fizesse de súbito, os seres encontrar-se-iam repentinamente gelados no local onde estivessem, e o orbe transportaria pela imensidão o panorama singular de todas as raças humanas solidificadas e imobilizadas nas várias posições que cada indivíduo e cada ser tivesse guardado no momento da catástrofe.

Mundos existem em tal condição. São certos planetas excêntricos, cujos habitantes, detidos insensivelmente na sua vida pela fuga rápida do planeta para longe do Sol, se encontram na condição de milheiros de estátuas. A maior parte está deitada, atendendo-se a que tão profunda mudança de temperatura demandou alguns dias para se completar. São aos milhares, promíscuos, mortos, ou, para melhor dizer, adormecidos em uma letargia completa. O frio os conserva. Trinta ou 40 séculos mais tarde, quando o planeta retorna do seu afélio escuro e gelado para o brilhante periélio, rumo ao Sol, o calor fecundo acaricia essa superfície com os seus raios benfazejos; medra rapidamente. E quando chega ao grau que caracteriza a temperatura natural de tais seres, estes ressuscitam, na mesma idade de quando adormeceram, retomam seus afazeres da vigília (remota vigília!), sem saber de modo algum que dormiram (sem sonho) durante tantos séculos. Ocorre mesmo a continuação de uma partida de jogo começada e até a conclusão de uma frase cujas primeiras palavras foram pronunciadas 40 séculos antes. Tudo isso é muito simples. Já vimos que o tempo não existe, em realidade.

É, em ponto maior, o que se passa, em menor escala, na Terra com os vossos infusórios ressurgentes, esses curiosos rotíferos que renascem sob a chuva depois de largo período de morte aparente.

Mas, voltando ao nosso mundo de Andrômeda, a atmosfera rosa, quase líquida, que o toma inteiramente qual um oceano sem ilha, é a morada dos seres animados desse globo. Sem nunca repousar no fundo de tal oceano, que nenhum jamais tocou, flutuam perpetuamente no seio do elemento móbil. Desde o nascimento até a morte, não têm um só instante de descanso. A atividade constante é a condição mesma da sua existência. Se parassem, pereceriam. Para respirar, isto é, para fazer penetrar em seu interior o elemento fluido, são obrigados a mover, sem parar, os tentáculos e a manter seus pulmões (emprego este vocábulo para me fazer compreendido) constantemente abertos. A forma exterior dessa raça humana é um pouco a das sirenas da antiguidade, mais ou menos elegante, e aproximando-se ao organismo da foca. Vedes a diferença essencial que separa essa constituição da dos homens terrestres? E que sobre a Terra a respiração se faz sem que nos apercebamos de tal, sem despender trabalho para obter o nosso oxigênio, sem ser necessário esforço para a transformação do sangue venoso em arterial — pela absorção do oxigênio. Naquele outro mundo, ao contrário, impera uma nutrição que não se obtém senão a custo de trabalho, a preço de incessantes esforços.

Quœrens – Então esse mundo é inferior ao nosso em grau de progresso?

Lúmen – Sem dúvida alguma, pois eu o habitei antes de vir à Terra. Não julgueis, porém, que a Terra seja muito superior pelo fato de respirarmos mesmo dormindo. Não se pode negar a vantagem de possuirmos um mecanismo pneumático que se abre por si mesmo, de segundo em segundo, cada vez que o nosso organismo tem necessidade de um sopro de ar, e que funciona sistematicamente noite e dia. O homem, porém, não vive só de ar; é necessário ainda ao organismo terrestre um complemento mais sólido, e esse complemento não lhe vem por si próprio. Que resulta daí? Olhai por um momento a Terra. Vede que triste, que desolador espetáculo! Todas essas multidões curvadas para o solo, que esgravatam penosamente no intuito de obter dele o pão; todas essas cabeças pendidas para a matéria, ao invés de erguidas na contemplação da Natureza; todos esses esforços e labores, trazendo no seu séquito a debilidade e a doença; todos esses tráficos para ajuntar um pouco de ouro a custa de todos; a exploração do homem pelo homem; as castas, as aristocracias, os roubos e as ruínas; as ambições, os tronos e as guerras; em uma palavra, o interesse pessoal, sempre egoísta, muitas vezes sórdido, e o reino da matéria sobre o espírito! Eis o quadro normal da Terra, situação governada pela lei que rege vossos corpos, que vos força a matar para viver e a preferir a posse dos bens materiais, sem cogitar do Além-Túmulo, à posse dos bens intelectuais, dos quais a alma guarda sempre a riqueza inalienável.

Quœrens – Falais, ó mestre, à maneira de quem pensa que se pode subsistir sem comer.

Lúmen – E julgais que se esteja adstrito a uma coisa tão ridícula sobre todos os mundos do espaço? Felizmente, na maior parte dos mundos, o Espírito não se acha submetido a semelhante ignomínia.

Não é tão difícil supor, à primeira vista, e compreender a possibilidade de atmosferas nutrientes. A manutenção da vida no homem e nos animais depende de duas causas: a respiração e a nutrição. A primeira reside naturalmente na atmosfera; a segunda reside na alimentação. Desta provém o sangue; deste resultam os tecidos, os músculos, os ossos, as cartilagens, a carne, o cérebro, os nervos, em uma palavra, a constituição orgânica do corpo. O oxigênio que respiramos pode ser considerado substância nutritiva, pois que, combinando-se com os princípios alimentícios absorvidos pelo estômago, completa a sanguificação e o desenvolvimento dos tecidos.

Ora, para imaginar a nutrição total transferida para o domínio atmosférico, basta observar que, em suma, um alimento completo se compõe de albumina, açúcar, gordura e sal, e imaginar que um fluido atmosférico, em vez de ser composto somente de azoto e de oxigênio, seja formado daquelas diversas substâncias em estado gasoso.

Tais alimentos se encontram nos corpos sólidos que absorveis, e é à digestão que está confiada a tarefa de os desagregar e assimilar. Quando comeis um pedaço de pão, por exemplo, introduzis no estômago fécula e amido, substância insolúvel na água e que não se encontra no sangue. A saliva e o suco pancreático transformam o amido insolúvel em açúcar solúvel. A bílis, o suco pancreático e as excreções intestinais mudam o açúcar em gordura, e é assim que, pelo processo da alimentação, os alimentos foram desagregados e assimilados no corpo.

Vós vos admirais, meu amigo, de que, no mundo celeste, onde resido há algum tempo contado pela Terra, eu me recorde ainda de todos esses termos materiais e de que desça a referir-me a eles assim. As lembranças que me acompanharam da Terra estão longe de esmaecer e, já que tratamos determinadamente de uma questão de fisiologia orgânica, não experimento nenhuma espécie de falsa vergonha em dar a cada coisa o nome apropriado.

Se, pois, supusermos que, em vez de serem combinados ou misturados na constituição dos corpos sólidos ou líquidos, os alimentos se encontrem em estado gasoso na formação da atmosfera, criaremos com isso atmosferas nutritivas que nos dispensem da digestão e das funções ridículas e grosseiras.

O que o homem apenas é capaz de imaginar na esfera restrita onde suas observações se exercem, a Natureza soube realizar em mais de um ponto da Criação universal.

Eu vos asseguro, de resto, que, quando não mais se está acostumado à operação material da introdução do alimento no tubo digestivo, não se pode fugir à impressão do quanto tal operação é brutal. É a reflexão que eu fazia ainda há poucos dias, quando, ao deixar meus olhares errantes sobre uma das mais opulentas paisagens do vosso planeta, fui impressionado pela beleza suave e toda angélica de uma jovem, reclinada em uma gôndola que flutuava docemente nas águas azuis do Bósforo, diante de Constantinopla. Almofadas de veludo vermelho bordadas de cetim formavam o divã da formosa Circassiana; pesadas borlas de ouro tombavam até junto às vagas. Ante a moça, um pequeno escravo preto, ajoelhado, tangia um instrumento de cordas. Esse corpo feminino era tão juvenil e tão gracioso, o braço em curva tão elegante, os olhos se mostravam tão puros e inocentes, e a fronte, já pensativa, aparecia tão calma em face da luz do céu que eu me deixei, por instante, cativar numa espécie de admiração retrospectiva para com essa obra-prima da Natureza viva. Pois bem! Enquanto aquela candura da juventude que desperta, aquela suavidade da flor me entretinha num gênero de encantamento transitório, o barco chegou o bordo a uma plataforma saliente, e a jovem, apoiando-se no escravo, veio sentar-se num sofá, perto de bem disposta mesa, servida copiosamente, em torno da qual outras pessoas estavam reunidas. A linda jovem começou a comer! Sim, ela come! Durante uma hora talvez (é com esforço que me submeto à razão das minhas recordações terrestres). Que espetáculo ridículo! Um ser tão lindo, levando alimentos à boca e enchendo, de instante a instante, mal sei de que matérias o interior do seu corpo encantador! Que vulgaridade! E, depois, pedaços de um animal qualquer esses dentes perolados tiveram a coragem de mastigar! E, em seguida, fragmentos de um outro animal viram sem hesitação, ante eles, abrirem-se aqueles lábios virginais para os receber e tragar! Que regímen! Uma triste mistura de ingredientes tirados do gado ou da caça brava que viveu nos charcos e foi massacrado em seguida. Horror! Desviei com tristeza meu olhar desse estranho contraste para fixar um mundo mais distinto, onde a Humanidade não está reduzida a semelhantes contingências.

Os seres flutuantes pertencentes ao mundo de Andrômeda, onde se escoou minha antepenúltima existência, estão ainda submetidos bem mais servilmente do que os habitantes da Terra ao trabalho da nutrição. Dispõem eles de ar que, à semelhança do que ocorre em vosso orbe, só os alimenta três quartas partes: é forçoso que busquem isso a que se pode denominar seu oxigênio, e, sem trégua, estão condenados a fazer funcionar seus pulmões e a preparar ar nutriente, sem jamais dormir e sem nunca se saciarem desse ar, porque, a despeito de todo o trabalho, só o podem absorver em pequenas porções de cada vez. Passam assim a vida inteira e sucumbem por esse esforço.

Quœrens – Desse modo, valia mais não ter nascido. Mas a mesma reflexão não será aplicável à Terra? Para que serve nascer, afadigar-se em mil variados labores, girar durante seis ou dez decênios no mesmo círculo cotidiano: dormir, comer, agir, falar, correr, andar, agitar-se, sonhar, etc.? Para que serve tudo isso? Não seria avançado o extinguir-se no dia seguinte ao do nascimento, ou melhor ainda, deixar de nascer? A Natureza não marcharia pior por isso, nem mesmo de tal se aperceberia. E, de resto, pode-se acrescentar, para que serve a própria Natureza e por que existe o Universo?

Lúmen – É o grande mistério. É preciso que todos os destinos se cumpram. Esse mundo de Andrômeda é muito inferior.

Para dar ideia da fraqueza intelectual da Humanidade dali, escolherei os dois assuntos que exprimem geralmente a medida do valor de um povo: a religião e a política. Ora, em religião, em vez de buscar Deus na Natureza, de fundar seus julgamentos pela ciência, de aspirar à verdade, de se servir dos olhos para ver e da razão para compreender, em uma palavra, em vez de estabelecer os fundamentos da sua filosofia sobre o conhecimento tão exato quanto possível da ordem que rege o mundo, dividiram-se em seitas voluntariamente cegas, acreditaram render homenagem ao seu pretenso Deus, cessando de raciocinar, e creem adorá-lo, sustentando que o seu formigueiro é o único existente no espaço, recitando palavras, injuriando-se de seita para seita e, incrível!, benzendo armas, ateando fogueiras, autorizando massacres e guerras. Há tais e tais asserções nas suas doutrinas que parecem imaginadas expressamente para ultrajar o senso comum. E são precisamente essas as que constituem os artigos de fé das suas crenças!

São da mesma força em política. Os mais inteligentes e os mais puros não conseguem entender-se. Também a república parece ali uma forma de governo irrealizável. Tão longe quanto se possa remontar nos anais da sua história, evidencia-se que os povos débeis e indiferentes preferem não o governo de si próprios, mas o serem dominados pelos indivíduos que se proclamam seus basileus. Esse chefe lhes toma três quartas partes dos recursos, faz guardar — sob suas vistas — pelos da malta a essência mais rósea da respectiva atmosfera (isto é, o que de melhor existe no dito mundo), numera-os a todos e, de tempos em tempos, os envia a entresbordoarem-se com o povo vizinho, submetido este, à sua vez, a um basileu análogo. Semelhantes a cardumes de arenques, dirigem-se, das duas partes, rumo a um campo de batalha que denominam o campo da honra e se destroem mutuamente feito loucos furiosos, sem saber por que e sem se compreenderem sequer, atendendo-se ao fato de não falarem o mesmo idioma. Alguns privilegiados do acaso regressam. E acreditais que estes, de retorno, tomam aversão pelo basileu? Nem por sombra. Repenetrando nos seus lares móbiles, os destroços das hostes guerreiras têm por mais imediato celebrar, em companhia dos dignitários da sua seita, ações de graças, suplicando ao seu Deus que dê longos dias de bênçãos ao digno homem que se intitula deles paternal Basílio!

Quœrens – Deduz-se desse relato que os habitantes do Delta Andrômeda são física e intelectualmente muito inferiores a nós, pois, na Terra, estamos bem longe de seguir semelhante conduta... Em suma, não existe ali senão um reino animado, um reino móbil, sem repouso, sem sono, entregue à agitação perpétua por um inexorável fatalismo. Tal mundo me parece bem bizarro.

Lúmen – Que diríeis, pois, daquela que habitei há 15 séculos? Mundo igualmente dotado de um reino único, não de um reino móbil, mas, ao contrário, de um reino fixo, à parecença do vosso reino vegetal?

Quœrens – Animais e homens presos pela raiz?

III

Lúmen – Minha existência anterior à do mundo de Andrômeda foi vivida no planeta Vênus, vizinho da Terra, onde me recordo que tive o sexo feminino. Não a revi diretamente pela lei da luz porque esta despende o mesmo tempo para vir de Vênus ou da Terra à estrela Capela, e, por consequência, olhando Vênus, eu olhava atualmente o seu aspecto de há 864 meses, e não o que fora há nove séculos, época da minha existência lá.

Minha quarta vida anterior à existência na Terra se passou em um imenso planeta anelar, pertencente à constelação do Cisne, e situado na zona da Via Láctea. Esse mundo é habitado somente por árvores.

Quœrens – Quer isso dizer que ali existem plantas, e não há animais, nem seres inteligentes e falantes?

Lúmen – Tal qual. Somente plantas, é verdade; mas, nesse vasto mundo de plantas, existem raças vegetais mais avançadas do que as que medram sobre a Terra. Plantas existem que vivem de modo igual a nós: sentem, pensam, raciocinam e falam.

Quœrens – Mas é impossível!... Oh, perdão! Quero dizer, é incompreensível e completamente inconcebível.

Lúmen – Essas raças inteligentes existem de fato, tanto assim que fiz parte delas, há 15 séculos, quando fui árvore raciocinante.

Quœrens – De que maneira? De que forma pode uma planta raciocinar sem cérebro e falar sem língua?

Lúmen – Ensinai-me, eu vos rogo, qual o processo íntimo de que vos servis para pensar e, bem assim, qual a transformação de movimentos de que se serve a vossa alma para traduzir suas concepções mudas em palavras audíveis...

Quœrens – Busco, ó mestre! porém não encontro explicação essencial desse fato, aliás comum.

Lúmen – Não se tem o direito de declarar impossível um fato desconhecido quando se ignora a lei da maneira de ser a ele concernente. Pela circunstância de que o cérebro é o órgão fisiológico posto na Terra o serviço da inteligência, julgais que devam existir cérebros análogos, cérebros e medulas espinais em todos os orbes do espaço? Isso seria um erro ingênuo, verdadeira ilusão antropomórfica. A lei do progresso rege o sistema vital de cada um dos mundos. Esse sistema vital difere, segundo a natureza íntima e as forças particulares a cada globo. Quando atinge um grau suficiente de elevação, que o torna suscetível de entrar no serviço do mundo moral, o Espírito, mais ou menos desenvolvido, eis que aparece. Não penseis que o Pai Eterno cria diretamente em cada globo uma raça humana. Não. A espécie superior do reino animal recebe a transfiguração humana pela força das coisas, pela lei natural, que lhe enobrece o dia em que o progresso a conduz a um estado de superioridade relativa. Sabeis por que tendes um tórax, um estômago, duas pernas e dois braços e uma cabeça munida dos sentidos visual, auditivo e olfativo? É porque os quadrúpedes, os mamíferos que precederam a aparição do homem estavam assim constituídos. Os macacos, os cães, os leões, os ursos, os cavalos, os bois, os tigres, os gatos, etc., e, antes deles, os rinocerontes ticorinus, a hiena das cavernas, o cervo de chifres gigantescos, o mastodonte, o sariguê, etc., e, ainda antes desses, o plessiossauro, o ictiossauro, o iguanodonte, o terodáctilo, etc., e, mais anteriormente, os peixes, os crustáceos, os moluscos, etc., foram o produto de forças vitais em ação sobre a Terra, dependentes do estado do solo e da atmosfera, da química inorgânica, da quantidade de calor e da gravidade terrestre. O reino animal da Terra seguiu, desde a sua origem, essa marcha contínua e progressiva rumo ao aperfeiçoamento da forma do tipo dos mamíferos, despegando-se cada vez mais da brutalidade da matéria. O homem é mais belo do que o cavalo, este mais formoso do que o urso, e o urso mais do que a tartaruga. Uma lei semelhante regeu o reino vegetal. As plantas pesadas, grosseiras, sem folhagem e sem flores começaram a série. Depois, com os séculos, as formas se tornaram mais elegantes e mais refinadas. As folhas surgiram, derramando nos bosques deliciosa sombra. As flores, a seu turno, vieram embelezar o jardim da Terra e espargir doces perfumes na atmosfera até então insípida. Essa dupla série progressiva dos dois reinos se encontra hoje nos terrenos terciários, secundários e primordiais, visitados pelos olhos escrutadores da Geologia. Houve uma época sobre a Terra em que algumas ilhas apenas emergiam do seio das águas quentes nos vapores abundantes de uma atmosfera sobrecarregada. Aí não havia outros seres que se distinguissem do reino inorgânico além de longos filamentos em suspensão nas vagas. Fungos, algas, tais foram os primeiros vegetais. Sobre os rochedos, formaram-se seres que o Espírito hoje se embaraça de nomear. Lá, esponjas intumescem; aqui, mais uma árvore de coral se eleva; mais longe, medusas se destacam, lembrando hemisférios de gelatina. São animais? São plantas? A ciência não nos responde. São animais-plantas, zoófilos.

Mas a vida não estaciona nessas formas. Eis aqui seres não menos primitivos e também simples que assinalam a determinação de um gênero de vida especial: os anelídeos, os vermes, os peixes reduzidos ao estado de tubo, seres sem olhos, sem orelhas, sem sangue, sem nervos, sem vontade, espécies vegetativas, dotadas, todavia, da faculdade de locomoção. Mais tarde, rudimentos de órgãos visuais apareceram, pródromos de órgãos de locomoção, princípios de uma vida mais livre. Peixes, anfíbios se sucedem. O reino animal terrestre se transforma por si próprio. Quem sabe o que teria acontecido se um primeiro ser não houvesse abandonado seu rochedo! Se esses elementos primitivos da vida terrestre permanecessem fixados no ponto de origem e se, por uma causa qualquer, a faculdade de locomoção não houvesse tido um começo?

Aconteceria que o sistema vital terrestre, em lugar de se manifestar em duas direções, mundo de plantas e mundo de animais, chegaria não apenas à formação de sensitivas, plantas superiores dotadas já de verdadeiro sistema nervoso; não se limitaria a produzir flores, algo vizinhas de nós nos seus atos orgânicos e em seus amores; mas, continuando a ascensão, o que se produziu no reino animal ter-se-ia realizado no mundo vegetal. Existem vegetais sentindo e agindo: ver-se-iam plantas sentindo e fazendo-se compreender. A Terra não teria sido privada, por isso, da série humana; apenas o gênero humano, ao invés de ser móbil, conforme é, estaria fixada ao solo pelos pés.

Tal é o estado do mundo anelar que habitei, há 20 séculos, no seio da Via Láctea.

Quœrens – Sem contradizer, esse mundo de homens-plantas me pasmou ainda mais do que o precedente. Dificilmente eu me posso figurar a vida e os costumes de tais seres singulares.

Lúmen – O gênero de vida ali é, com efeito, bem diferente do vosso. Não se constroem cidades, não se fazem viagens, nem se impõe qualquer forma de governo. Desconhece-se a guerra, esse flagelo da Humanidade terráquea, e também o amor próprio nacional que vos caracteriza. Prudentes, cheios de paciência e dotados de um feitio moral permanente, os seres dali não têm a mobilidade e a fragilidade dos homens da Terra. Vive-se lá, em média, cinco a seis séculos de uma existência calma, doce, uniforme, sem revoluções. Não julgueis, entretanto, que esses homens-plantas tenham apenas uma vida vegetativa. Ao contrário, sua existência é muito pessoal e muito absoluta. São divididos não em castas, segundo o nascimento ou a fortuna, conforme se pratica entre os da Terra, mas sim por famílias, cujo valor natural difere precisamente segundo a espécie. Têm uma história social, não escrita, pois nada se pode perder entre eles, atendendo-se à ausência de emigrações e conquistas, história feita por tradições e por gerações. Cada uma conhece a história da sua raça. Possuem também os dois sexos, tal qual ocorre com os terrestres, e suas uniões se processam de um modo análogo, porém incomparavelmente mais casto. E não é indispensável a união consanguínea; há fecundações a distância.

Quœrens – Mas, afinal, como podem comunicar mutuamente seus pensamentos, se é que pensam? E, além disso, mestre, de que modo vós mesmo vos reconhecestes nesse mundo singular?

Lúmen – Uma resposta só vos dará a das duas perguntas. Olhava esse anel da constelação do Cisne, e a vista ali se me prendia com persistência; estava surpreendido, eu mesmo, de enxergar apenas vegetais naquela superfície e notei principalmente os singulares agrupamentos existentes nas campinas: aqui, dois a dois; mais adiante, três a três; pouco além, dez a dez; noutras partes, em maior número. Via os que pareciam sentados ao bordo de uma fonte; outros semelhavam estar deitados, tendo em redor pequenos rebentos. Procurei entre todos identificar as espécies terrestres, tais os abetos, os carvalhos, os álamos, os salgueiros, mas não assinalei essas formas botânicas. Enfim, fixei muitas vezes meu olhar sobre um vegetal com a forma de figueira, sem folhagem e sem frutos, tendo flores vermelho-escarlate. De súbito, vi a enorme figueira alongar um ramo, à guisa de braço gigantesco, levar a extremidade desse braço à altura correspondente à cabeça, destacar uma das flores magníficas que lhe serviam de cabeleira e apresentá-la em seguida, inclinando a fronte, a uma outra figueira, esbelta, elegante, portadora de suaves flores azuis, colocada a alguma distância, em frente da ofertante. A distinguida pareceu receber a flor vermelha com um certo prazer, porque estendeu um ramo (dir-se-ia cordial e fina mão) ao vizinho, e pareceu terem assim ficado por longo tempo. Sabei que, em certas circunstâncias, basta um gesto para reconhecer uma pessoa. Foi o que me aconteceu ante tal cena. O gesto da figueira da Via Látea despertou em meu espírito todo um mundo de recordações. Esse homem-planta era ainda eu, de há 15 séculos, e identifiquei meus filhos nas figueiras de flores violeta que me cercavam, pois lembrei que a cor das flores descendentes resulta da fusão das cores dos ascendentes paterno e materno.

Os homens-plantas veem, ouvem e falam, sem olhos, sem orelhas e sem laringe. Na Terra, já tendes flores que distinguem muito bem não somente o dia da noite, mas ainda as diferentes horas do dia, a altura do Sol no horizonte, um céu puro de um nublado; que, mais ainda, têm a repercussão dos diversos ruídos com esquisita sensibilidade; que, finalmente, se entendem à maravilha entre elas e até com as borboletas mensageiras. Esses rudimentos são desenvolvidos a um verdadeiro grau de civilização no mundo do qual vos dou notícia, e os seres dali são tão completos no respectivo gênero quanto o sois vós na Terra, no vosso. Sua inteligência está, é certo, menos avançada do que a média intelectual da Humanidade terrena; porém, nos costumes e nas relações recíprocas, revelam em todas as ocasiões uma doçura e uma delicadeza que poderiam muitas vezes servir de modelo à maior parte dos habitantes da Terra.

Quœrens – Mestre, de que modo se pode ver sem olhos e ouvir sem orelhas?

Lúmen – Cessareis o assombro, meu velho amigo, se refletirdes que a luz e o som são apenas dois modos de movimento. Para apreciar uma ou outra de tais maneiras de movimento, é necessário (e basta) ser dotado de aparelho em correspondência com uma das duas, ainda que o aparelho seja um simples nervo. Os olhos e as orelhas constituem os ditos aparelhos para a Natureza terreal. Em outra organização, de outra natureza, tanto o nervo óptico quanto o auditivo terão outra forma para a função de órgãos. Além disso, não existem dentro da Natureza somente esses dois modos de movimentos: luminoso e sonoro. Posso mesmo dizer que tais qualificativos derivam da vossa maneira de sentir, e não da realidade. Há, sem dúvida, no seio da Natureza, não um, porém dez, vinte, cem, mil diferentes modos de movimento. Na Terra, fostes formados para apreender principalmente aqueles dois citados, que constituem quase toda a vossa vida de relação. Em outros mundos, há também outros sentidos para apreciar a Natureza sob diferentes aspectos, sentidos que têm, uns, a localização dos vossos olhos e das vossas orelhas, e outros são dirigidos rumo a percepções completamente estranhas às acessíveis aos organismos terrestres.

Quœrens – Quando me falastes, há pouco, a respeito dos homens-plantas do mundo do Cisne, tive ideia de perguntar se as plantas terrestres têm alma.

Lúmen – Sem a menor dúvida. As plantas terrenas são, sim, dotadas de alma, de igual maneira que os animais e os homens. Sem alma virtual, nenhuma organização constituiria um ser. A forma do vegetal é dada pela sua alma. Por que a bolota e um caroço, plantados ao lado um do outro, no mesmo solo, sob a mesma exposição e identicamente nas mesmas condições, produzirão, a primeira, um carvalho e, o segundo, um pessegueiro? Porque uma força orgânica residente no carvalho construirá seu vegetal típico, e uma outra força orgânica, uma outra alma, imanente no pessegueiro, levará ao caroço outros elementos para formar igualmente seu corpo específico, pelo mesmo princípio que a humana alma constrói — ela própria — o seu envoltório corporal, servindo-se dos meios postos à sua disposição pela Natureza terrena. Apenas, a alma da planta não tem consciência de si mesma.

Almas de vegetais, almas de animais, almas de homens são seres chegados já a um grau de personalidade, de autoridade suficiente para dobrar à sua ordem, dominar e reger debaixo de sua direção as demais forças não personalizadoras e esparsas no seio da imensa Natureza. A mônada humana, por exemplo, superior à mônada do sal, à mônada do carbono, à do oxigênio, as absorve e as incorpora na sua obra. A alma humana, em nosso corpo terrestre, sobre a Terra, rege, sem disso se aperceber, todo um mundo de almas elementares, formando as partes constitutivas do seu corpo. A matéria não é substância sólida e espaçosa; é um complexo de centros de forças. A substância não tem importância. De um átomo a outro, existe um vácuo imenso, relativamente às dimensões dos átomos. Do alto dos diversos centros de forças constitutivas que formam o corpo humano, a alma humana governa todas as almas ganglionárias que lhe são subordinadas.

Quœrens – Confesso, meu erudito instrutor, não ter apreendido bem claramente essa teoria.

Lúmen – Também vai ser ilustrada por um exemplo que a fará passar, para vós, à categoria de fato.

Quœrens – A categoria de fato? Sois acaso a reencarnação da princesa Sherazade e me haveis fascinado em um novo conto das mil e uma noites, as mil e uma noites da Urânia moderna?

Lúmen – Uma derradeira palestra fará com que realizeis comigo, no espaço celeste, uma viagem que desenvolverá sob vossos olhares o infinito variado da Criação.

Quinta narrativa
Ingenium audax – Natura audacior

Lúmen – Conheceis a esplêndida constelação de Órion que reina soberana nas vossas noites de inverno e curiosa estrela múltipla, Thêta, que se encontra sob a espada suspensa do Talim e brilha no centro da afamada nebulosa.

Esse sistema Thêta de Órion é um dos mais singulares que existem no escrínio, tão diversificado, agora, dos diamantes celestes. É composto de quatro sóis principais dispostos em quadrilátero. Dois deles, formando o que se poderia denominar a base do quadrilátero, são, por outra parte, acompanhados, um, de um sol, e o outro, de dois. É, pois, um sistema de sete sóis, em torno de cada qual, gravitam planetas habitados. Visitei um dos planetas que gira em volta de secundário sol, sendo que este último se move em torno de um dos quatro sóis principais. Por sua vez, este principal, em concerto com os demais, circula em redor de invisível centro de gravidade colocado no interior do quadrilátero. Não insisto a respeito desses movimentos; a mecânica celeste já vo-los explicou.

Eu estava, pois, iluminado e aquecido nesse planeta por sete sóis simultaneamente: por um maior e mais ardente, em aparência, do que os outros seis, por estar mais próximo de mim, por um segundo, muito grande e também muito brilhante, por três de média dimensão e por dois pequenos, gêmeos. Não se achando todos reunidos no alto do horizonte, há sóis do dia e sóis da noite! Isso significa não existir ali noite, propriamente dita, e, em consequência, não haver o sono.

Quœrens – Como pode ser? Coincidem no céu sóis duplos e múltiplos!

Lúmen – Em grande número. O sistema de que vos dou notícia, entre outros, é conhecido dos astrônomos da Terra que contam aos milhares os sistemas de estrelas duplas, múltiplas e coloridas. Podeis, vós mesmo, constatar isso ao telescópio.

Ora, sobre o planeta de Órion, que designei há pouco, os seres não têm a natureza vegetal, nem animal. Não poderiam mesmo caber em nenhuma das catalogações terrenas, ou ainda, em uma das duas grandes divisões: reino vegetal e reino animal. Não encontro verdadeiramente maneira de os comparar para vos dar uma ideia da forma respectiva. Vistes, acaso, nos jardins botânicos, o áloes gigantesco, o *cereus giganteus*?

Quœrens – Conheço particularmente esse vegetal. Seu nome deriva da semelhança com os tocheiros de três ou mais ramificações que se acendem nos templos.

Lúmen – Pois bem, os homens de *Theta Orionis* oferecem alguma parecença com essa forma. Apenas se movem lentamente e se mantêm aprumados graças a um processo de sucção análogo ao das ampolas de certas plantas. A parte inferior da sua haste vertical, a que pousa no chão, prolonga, à maneira das estrelas do mar, pequenos apêndices que se fixam no solo e produzem o necessário vácuo. Andam muitas vezes em bandos e mudam de latitude, segundo as estações do tempo.

Eis aqui, porém, o mais curioso ponto da respectiva organização, o que põe em evidência o princípio, do qual vos falei, da reunião de almas elementares no corpo humano.

Visitei um dia esse mundo e me encontrei no meio de uma paisagem oriônica. Um ser estava lá, semelhante a um vegetal de dez metros de altura, sem folhagem e sem flores, essencialmente constituído por cilíndrica haste, terminada na parte superior por muitas ramificações, lembrando os de um lustre. O diâmetro do talo central, e assim o das ramificações, podia aproximar-se do terço do metro. A extremidade superior da haste e dos ramos era coroada por argênteas franjas. De repente, esse ser agitou as ramificações e esvaiu-se.

Com efeito, nesse mundo, acontece que indivíduos bem dispostos se abatem literalmente num todo.

As moléculas que os constituem tombam de uma vez, todas, sobre o solo. O indivíduo cessa de viver pessoalmente; as moléculas se separam e se dispersam.

Quœrens – Desagregam-se?

Lúmen – Mais ou menos. Recordo-me que essa desassociação do corpo ocorre muito frequentemente durante a plena vida. Tanto resulta de uma contrariedade quanto da fadiga, ou ainda de desarmonia orgânica entre as diferentes partes. Vive-se integralmente, tal qual existis neste momento, e, de súbito, fica-se reduzido à expressão mais simples. A molécula cerebral (que, em vós, vos constitui essencialmente) sente-se desprendida e em descenso, como resultante da queda das suas coirmãs ao longo das extremidades, e chega à superfície do chão solitária e independente.

Quœrens – Esse modo de desaparição seria alguma vez cômodo processo aqui, sobre a Terra. Para sair de embaraçosa situação, por exemplo, de urna cena conjugal do gênero Molière, ou de um quarto de hora desagradável, igual ao de Rabelais, ou ainda de um impasse doloroso — a plataforma do cadafalso —, bastava não suster os átomos constitutivos e ... boa noite, meus senhores...

Lúmen – Levais o assunto em jocosidade, mas eu vos afirmo que a realidade é incontestável. Outro tanto existiria sobre a Terra, à semelhança do que ocorre no planeta de Órion, se o princípio do domínio não reinasse tão fortemente entre vós. Lá existe tal princípio elementarmente. Vosso corpo é formado de moléculas animadas. Vossa medula espinal, conforme se expressou um dos eminentes fisiologistas da Terra, é uma série linear de centros independentes e ao mesmo tempo governados. As partes essenciais constitutivas do vosso sangue, da vossa carne e dos ossos estão no mesmo caso. São verdadeiras províncias com administração autônoma, porém, submetidas a uma autoridade superior.

O funcionamento dessa diretriz superior é uma condição da vida humana, condição menos exclusiva nos animais inferiores. Em cada anel do verme chamado lombriga, há um verme completo, de sorte que uma lombriga representa uma série de seres semelhantes, constituindo verdadeira sociedade de cooperação vital. Cortado por anéis, o verme representa outros tantos indivíduos independentes. Na tênia — ou verme — solitária, a cabeça já é mais importante do que o resto, e tem, tal qual ocorre com as plantas, a faculdade de reproduzir o resto do corpo do qual tenha sido separada. A sanguessuga é igualmente um ser formado de indivíduos unidos e, cortada de cinco em cinco anéis, da operação resultam outras tantas sanguessugas. De igual modo que um galho rebrota a árvore, a perna do caranguejo ou a cauda do lagarto se reconstituem. Em realidade, os animais vertebrados (o homem, por exemplo) são compostos na sua árvore essencial (a medula espinal e seu prolongamento superior até o cérebro) de segmentos justapostos, de centros nervosos, cada um dos quais dotado de alma elementar.

A lei de autoridade em ação sobre a Terra determinou, na série animal, uma ação preponderante. Sois constituídos por uma verdadeira multidão de seres grupados e submetidos pela atração plástica da vossa alma pessoal, a qual, do centro do ser, formou o corpo, desde o embrião, e reuniu em torno dele, no respectivo microcosmo, todo um mundo de seres destituídos ainda de consciência da sua individualidade.

Quærens – No planeta de Órion, a natureza é constituída, pois, em estado de república absoluta?

Lúmen – República, sim, mas governada pela lei.

Quærens – Quando, porém, um ser se encontra assim desagregado, de que modo pode, em seguida, reconstituir-se integralmente?

Lúmen – Pela vontade e, muitas vezes, sem o menor esforço, por um desejo até furtivo. Por serem separadas da molécula cerebral, as corporais não deixam de lhe estar presas intimamente. A um momento dado, elas se reúnem e retomam cada qual o seu lugar. A molécula diretora atrai as outras a distância, com a mesma faculdade com que o ímã atrai a limalha de ferro.

Quærens – Imagino, de boamente, ver todo esse exército liliputiano surpreendido por um apito, comprimindo-se para o seu centro, organizar a reunião de todos os pequenos soldados, os quais, subindo agilmente uns sobre os outros, chegam, em um pestanejar de olhos, a reconstituir o homem que me haveis pintado. Em verdade, é preciso certamente ter deixado a Terra para observar semelhantes novidades.

Lúmen – Julgais ainda a natureza universal pelo átomo que tendes sob os olhos, estais apto para compreender os fatos contidos na esfera das vossas observações. Mas, vo-lo repito, a Terra não é o tipo do Universo.

Esse mundo de *Theta Orionis*, com os sete sóis rodantes, é povoado por um sistema orgânico análogo ao que vos defini. Vivi ali há 24 séculos.

Foi lá que conheci o Espírito (encarnado no presente na Terra) que publica seus estudos sob o nome de Allan Kardec. Durante nossa vida terrena, não nos recordamos de que éramos velhos conhecidos, mas nos sentíamos, por vezes, atraídos um para o outro por singulares aproximações de pensamentos. Agora que retornou, tal qual eu, ao mundo dos Espíritos, ele se lembra também da singular república de Órion e pôde revê-la. Sim, bem singular e, no entanto, real. Não tendes noção alguma, no vosso pobre planeta, da diversidade inimaginável que distingue os mundos, em sua geologia, na fisiologia orgânica, nas condições da habitabilidade, nas formas humanas, nas mentalidades. Ides julgar por uma série de exemplos muito variados. Estas conversações podem servir para esclarecer vosso conhecimento a respeito do fato geral, tão importante à concepção do cosmos: a universal diversidade.

Viajei um grande número de países celestes diferentes e, atualmente, estudo a Criação, sem me fixar em particular. Espero, no decurso do século próximo, reencarnar-me em um mundo dependente do cortejo de Sírius. A Humanidade ali é mais bela do que a da Terra. Os nascimentos lá se efetuam segundo um sistema orgânico menos doloroso, menos brutal e menos ridículo do que o processo terrestre; a beleza da virgem não se quebra pela fecundação; o amor e a maternidade não são contraditórios.

Mas o caráter mais notável da vida nesse mundo é que o homem se apercebe das operações físico-químicas que se realizam no interior do corpo. Em vosso organismo terráqueo, não vedes a maneira, por exemplo, pela qual os alimentos absorvidos são assimilados, o modo pelo qual o sangue, os tecidos, os ossos se renovam; todas as funções se executam instintivamente, sem que o pensamento as perceba. Também, de mil moléstias manifestadas, a causa é desconhecida e muitas vezes impossível de descobrir. Lá, a criatura sente os movimentos da sua manutenção vital no mesmo grau em que sentis um prazer ou um sofrimento. De cada molécula do corpo parte, por assim dizer, um nervo que transmite ao cérebro as variadas impressões recebidas. O interior do corpo é tão visível quanto o exterior. A alma conhece absolutamente o corpo, que ela rege de modo soberano. Se o homem terrestre fosse dotado de um tal sistema nervoso, ao mergulhar olhares no organismo por intermédio dos nervos, veria de que maneira o alimento se transforma em quilo, este em sangue, o sangue em carne, em substância muscular, nervosa, etc.; ver-se-ia a si próprio. Mas disso estais bem distante por se achar o centro anímico de vossas percepções embaraçado pelos múltiplos nervos dos lóbulos cerebrais e mantilhas ópticas.

Esse meio de vista interior difere daquele de que vos falei devido a olhos construídos de maneira diversa da dos vossos e que percebem o interior dos corpos. Aqui, neste caso de que trato, não é um órgão de visão, mas uma organização do sistema nervoso-cerebral. Pode-se ver sem o intermédio dos olhos.

Outro caráter precioso da organização vital do mundo siriano é que a alma pode mudar de corpo sem passar pela circunstância da morte, tantas vezes desagradável e sempre tristonha. Um sábio que trabalhou durante toda a vida para instrução da Humanidade e vê chegar o fim dos seus dias, sem haver podido terminar seus nobres pensamentos, pode trocar de corpo com um jovem adolescente e recomeçar nova vida, mais útil ainda do que a primeira. Bastam, para tal transmigração, o consentimento do moço e a operação magnética de um médico competente. Veem-se, assim, por vezes, dois seres, unidos por laços doces e fortes de amor, operarem essa permuta de corpos depois de largo período de ventura: a alma do esposo vai habitar o corpo da consorte e, reciprocamente, para o resto da existência. O conhecimento íntimo da vida resulta incomparavelmente mais completo para cada um deles. Sobre a Terra, o homem e a mulher não podem compreender-se exatamente, porque não sentem, não vibram de modo idêntico.

Em um mundo que não é sem analogia com o precedente, muda-se de sexo, naturalmente, por evolução mesma do organismo, em uma idade que corresponde ao quarto decênio da Terra. Todos os seres são femininos até essa idade e, em seguida, por metamorfose — toda natural —, se tornam do sexo masculino. Resulta de tal que os homens, fortes e robustos, amam sempre mulheres jovens. A mulher não pode envelhecer. E cada um conhece as sensações dos dois sexos.

Igualmente, observei que, em um planeta iluminado pelo brilhante sol hidrogenado Vega da Lira, o pensamento não é forçado a passar pela palavra para se manifestar. Quantas vezes não vos aconteceu, quando uma ideia luminosa ou engenhosa vem de brilhar em vosso cérebro, querer exprimi-la ou escrevê-la e, durante o tempo em que começais a falar ou escrever, sentir a ideia dissipada, voejando, obscurecida ou metamorfoseada. Os habitantes desse planeta têm um sexto sentido que se poderia denominar fonográfico em virtude do qual, quando o autor a isso não se opõe, o pensamento se comunica com o exterior e pode ser lido sobre um órgão situado ao alto da fronte. Tais conversações silenciosas são muitas vezes as mais profundas e as mais precisas; são sempre mais sinceras.

Estais ingenuamente dispostos a crer que a organização humana não deixa coisa alguma a desejar sobre a Terra e nisso pecais por falta de lógica, o que não é raro em vosso modo de pensar. Não lamentastes nunca ser obrigado a ouvir, a contragosto, palavras desagradáveis, maledicências ou calúnias, um discurso absurdo, um sermão oco de qualquer mérito, música de má qualidade, realejos manivelados sob vossas janelas, a barulheira de uma festa pública, etc.? Vosso vocabulário há por bem pretender que podeis fechar ouvidos a esses discursos, mas desgraçadamente isso não serve de nada. Não podeis fechar as orelhas com a mesma facilidade com que o fazeis com os olhos. Existe nisso uma grande lacuna. O ruído é um verdadeiro horror para os homens que trabalham com o espírito. Visitei planetas, menos incompletos do que o vosso, onde a natureza estabeleceu melhor o sentido auditivo. Existem ali muito menos cóleras ocultas do que entre vós,, mas as divisões entre os partidos políticos são mais acentuadas, uma vez que os adversários se recusam a ouvir e assim conseguem êxito, apesar dos esforços dos advogados mais loquazes.

Em um orbe do sistema de Aldebarã, os olhos humanos são organizados de tal modo que se tornam luminosos durante a noite e iluminam à maneira de emanação fosforescente irradiada do seu estranho foco. Uma reunião noturna, composta de grande número de pessoas, oferece aspecto verdadeiramente fantástico, uma vez que a claridade, e assim a cor dos olhos, varia segundo as paixões diversas que as animam. Ademais, o poder desses olhares é tal que exerce influência elétrica e magnética de intensidade variável e que, em certos casos, pode fulminar, fazer cair morta a vítima sobre a qual se fixe toda a energia da sua vontade.

Esse globo oferece ainda outra particularidade: pela densidade e constituição física da sua atmosfera, pode-se ver de cada ponto o conjunto do orbe por efeito de miragem de refração. Os raios luminosos, por serem curvilíneos e fazerem a volta no referido planeta, trazem as imagens dos mais distanciados objetos. A esfera inteira apresenta à vista um plano horizontal. É a realização física da anedota do diabo mostrando a Jesus todos os reinos da Terra.

A variedade é imensa entre os mundos. Era um dos planetas do sistema alfa do Cisne, muito curioso sob este ponto de vista: os vegetais são todos compostos de substância análoga ao amianto, porque a sílica e o magnésio predominam na sua constituição. Os animais só se nutrem dessa substância. Quase todos os habitantes dali são incombustíveis.

Não longe de lá, gravita um mundo onde a noite é quase desconhecida, embora não exista sol noturno, conforme ocorre no quadrilátero de Órion, nem satélites. As rochas das montanhas, cuja composição química lembra os fosfatos e os sulfuretos de barita, armazenam a luz solar recebida durante o dia e emitem no decorrer da noite uma tépida e calma fluorescência que ilumina as paisagens com uma tranquila e noturna claridade. Veem-se ali também árvores curiosas que produzem flores brilhantes à noite, semelhando pirilampos: parecem castanheiros cujas flores de neve fossem luminosas.

O fósforo desempenha importante papel nesse mundo tão singular, sua atmosfera é constantemente eletrizada, seus animais são luminosos, a exemplo das plantas, e sua Humanidade está em idênticas condições. A temperatura é ali muito elevada, e os habitantes não tiveram quase motivo para inventar vestimentas. Ora, acontece que certas paixões ali se traduzem pela iluminação de uma parte do corpo. É, em ponto maior, a reprodução do que ocorre em vossas campinas terrenas, onde se assinalam, nas formosas noites de verão, os vaga-lumes, consumindo-se silenciosamente em amorosa flama.

O aspecto dos casais luminosos é curioso de observar à noite nas grandes cidades. A coloração da fosforescência difere segundo os sexos, e a intensidade varia conforme as idades e os temperamentos. O sexo forte acende uma flama vermelha, mais ou menos prolongada, e o sexo gracioso, uma flama azulada, por vezes pálida e discreta. Os pirilampos da Terra servem apenas para dar ideia muito rudimentar da Natureza das impressões experimentadas por aqueles seres especiais. Nos lampiros do Norte, que se encontram na França, os do sexo masculino têm asas e não são luminosos, enquanto que os do sexo contrário são luminosos, porém privados do privilégio aéreo. Já nos vaga-lumes da Itália, os dois sexos têm a liberdade das asas e a faculdade de se tornarem luminosos. A Humanidade de que se trata aqui reúne todas as vantagens desse último tipo. É um mundo de lucíolas humanas de bela estatura.

Nesse mundo de que vos narro aspectos, as noites são iluminadas por fosforescentes claridades. Visitei outros onde as noites não existem de modo algum, porque não são subordinados às alternativas diurnas e noturnas que se sucedem na Terra, e sim iluminados constantemente, em toda a sua esfera, por muitos sóis que não os deixam jamais privados de luz por um instante sequer. Lá, o sono não se manifesta nem para os homens, nem para os animais, nem para as plantas. No vosso planeta, o sono, que consome a terça parte da existência, tem por origem primitiva o movimento de rotação da Terra, mergulhando sucessivamente as diferentes regiões do globo na luz solar ou na luz da Lua. Nesses orbes, de eternos dias, não se dorme nunca, e muita surpresa causaria lá saber-se da existência de Humanidade cuja vida, na razão de um terço, se escoa na letargia semelhante à morte.

O homem que viveu na Terra oito decênios dormiu e perdeu quase três!

Certos caracteres fisiológicos da vida terrestre são encontrados entre muitas espécies de Humanidade siderais. Assim, da mesma forma que, na Terra, no mundo das formigas, o dia das suas estranhas núpcias aéreas acarreta o esgotamento e a morte de todos os do sexo masculino; de igual maneira que, no mundo das abelhas, os procriadores são impiedosamente sacrificados; do mesmo modo que, entre as aranhas, estes são devorados pelas companheiras se não fugirem imediatamente; de igual forma que um grande número de insetos jamais vê a sua progenitura e põe os ovos, previdentemente, em local onde os recém-vindos encontrem a primeira alimentação; por idêntico motivo, mundos existem onde a velhice é desconhecida: ardentes amores consomem, em fantástico delírio, todos os seres empenhados em fruir o momento de hoje, sem cogitar do desconhecido amanhã. O sexo ativo não vê o dia seguinte das núpcias; o sexo passivo, ovíparo, dorme o derradeiro sono depois de haver assegurado a perpetuidade da espécie.

Esses recantos celestes, onde não se envelhece nunca, não são quiçá os mais mal aquinhoados. Enquanto que, na Terra, os tempos finais da idade avançada fazem saudade dos iniciais, suprimem as voluptuosas alegrias da juventude, trazem enfermidades, fazem lenta e tristemente descer ao túmulo, naqueles felizes mundos, a vida humana começa à maneira da dos insetos, primeiro humilde, grosseira, pesada, material (à semelhança das larvas e das lagartas), depois, passado ligeiro sono, dá lugar à expansão da força e da beleza, e, tal qual as borboletas aéreas e gentis, os humanos terminam sua existência no fogo das paixões superiores, na alegria e na luz. São planetas privilegiados, os da vida ascensional, enquanto que na Terra cada ser humano representa desgraçadamente o tipo da vida descontínua.

Um dos mundos mais graciosos que visitei tem por habitantes pássaros unicamente. Poder-se-ia chamar, com verdade, mundo dos pássaros.

Não há ali outras espécies vivas, salvo as borboletas e as flores voadoras. A evolução orgânica não conduz, lá, nem aos pesados quadrúpedes, nem aos saurianos, nem aos répteis, nem aos moluscos, nem aos peixes. É uma vida aérea, encantada, toda de movimento, de brilhantes colorações, de canção e de amor. Por toda parte, ninhos, flores, asas. Nessas espécies aladas, a raça superior, a raça intelectual, a raça humana é verdadeiramente privilegiada. Ela não conhece da vida senão os mais delicados sentimentos do coração, luta apenas pelas volúpias e brilha eternamente na alegria e na luz. Não se discute nunca, mas se canta sempre. Em um sistema solar cujo foco central emite principalmente luz hidrogenada, na qual as radiações mais rápidas são preponderantes, os organismos humanos não têm a humilhação dos nossos, nisso que concerne às uniões amorosas. Não é vergonhoso ver, nos livros de Medicina da nossa pretensa civilização, agrupamentos de palavras tais, por exemplo, órgãos gênito-urinários? É uma infâmia. No sistema de que vos dou notícia, só se poderá cogitar de órgãos gênito-cerebrais. Lá, tudo é nobre, tudo é divino, tudo é puro, e seria enorme surpresa ouvir-se falar das grosseiras associações da anatomia terrestre.

Nesse mundo, mais sutil do que o vosso, o organismo feminino não está sujeito aos períodos inconvenientes, desagradáveis e, muitas vezes, dolorosos que fazem da metade das mulheres terrestres verdadeiras vítimas. As flores dão frutos na inalterável serenidade de encantadora primavera. Que variedade prodigiosa entre as diversas regiões do cosmos!

Recordo haver chegado, certo dia, em uma viagem, buscando novos mundos, a um iluminado por uma espécie de sol crepuscular. Sombrio vale se estendia ante mim; estranho espetáculo se ofereceu aos meus olhares. Em árvores disseminadas pelos dois flancos do local, pendiam seres humanos envoltos em sudários. Estavam presos aos galhos pela cabeleira e assim dormiam no mais profundo silêncio.

Mas o que me havia parecido sudário era, em realidade, um tecido formado pelo alongamento dos seus próprios cabelos amalgamados e encanecidos. E porque me pasmasse ante essa situação, fui inteirado de que é aquele o processo de sepultamento e de ressurreição ali. Sim, nesse mundo, que pertence à constelação de Fênix, os seres humanos desfrutam da faculdade orgânica dos insetos do vosso planeta que têm o dom de adormecer em estado de crisálida para se transformarem em aladas borboletas. Vale isso por uma dupla raça humana, e os estagiários da primeira fase, os seres mais grosseiros e mais materializados, só aspiram a morrer para que possam ressurgir na mais esplêndida das metamorfoses. O período anual desse mundo é um pouco mais longo do que os de Netuno e atinge aproximadamente dois séculos terrestres. Vive-se ali dois terços do ano em estado inferior, um terço (inverso) em condições de crisálida e, na primavera seguinte, os suspensos sentem insensivelmente a vida retornar em sua carne transformada. Movem-se, despertam, deixam a carcaça na árvore e desprendem-se, seres alados maravilhosos, cigarras extraterrestres, arrebatando-se nas regiões aéreas para viverem um novo ano fenixiano, isto é, os dois séculos do vosso tão efêmero planeta. Existem ali planetas cuja meteorologia, longe de ser incoerente e insuportável, qual a da Terra, está admiravelmente regulada, onde, por exemplo, chove somente durante a noite, aproximadamente a quinta parte do ano, em épocas fixas. Só de tal circunstância resulta imensa superioridade na organização dos atos da vida exterior: as cerimônias, as reuniões, as viagens, os passeios, as mais simples parcelas de recreio são ali estabelecidas de antemão, sem que os habitantes desse mundo se vejam expostos a todos os contratempos que constantemente perturbam os projetos terreais.

    Mundos há onde os movimentos vitais, o respirar, a assimilação, os períodos orgânicos, o dia e a noite, as estações, o ano são de extrema lentidão, embora o sistema nervoso dos humanos aí seja muito desenvolvido e o pensamento tenha prodigiosa atividade. A vida parece de duração sem fim. Os que morrem de velhice excedem um milênio, porém estes são raros, de modo que só alguns poucos puderam ser conservados nas memórias históricas dessa Humanidade. A guerra jamais foi ali inventada, uma vez que só existe uma raça, um povo, um idioma único. A constituição natural dos organismos é notável: as doenças são quase desconhecidas e não existem ali médicos. Resulta que, para a intensa atividade cerebral, a duração da vida se torna uma perspectiva sem fim e não tarda a constituir pesado fardo. Também ali todo mundo sai da vida pela morte voluntária. Essa prática foi gradualmente insinuada nos costumes desde muito remota antiguidade, e os raros macróbios que, por um motivo qualquer, não a adotam, são considerados criaturas excepcionais, originais, mais ou menos extravagantes. A morte voluntária é a lei geral.

Enfim, falarei ainda do mais extraordinário mundo que imaginar se possa para o astrônomo, um mundo onde a noite seria sem estrelas e onde, consequentemente, a ciência não pôde surgir? Essas qualidades de mundos também existem. São os que se acham situados em certas regiões da imensidade, de onde as estrelas se encontram distanciadas. Nenhuma fere a vista humana. Ficam todas para além do alcance dessa vista e o telescópio não foi ali inventado. Nenhum habitante desse mundo pode duvidar que existem. Também os cidadãos dessas moradas estão absolutamente certos de que são os únicos habitantes no infinito. A organização política desses mundos é radicalmente teocrática.

Em nossa terceira conversação, eu vos assinalei vibrações do éter que não podem ser percebidas pelos sentidos humanos terrestres: são raios invisíveis para nós. Minhas considerações teóricas resultaram de fatos práticos e reais para mim em minhas excursões intersiderais. Poderia citar mundos onde os humanos têm olhos que não enxergam nenhum dos raios do espectro solar que vossa vista percebe, desde o vermelho até o violeta, mas que veem certos raios elétricos invisíveis para vós e para os quais o vidro é opaco, enquanto que a madeira, os tecidos e a carne são transparentes. Esses seres veem principalmente o seu próprio esqueleto. A Natureza é, para tais olhos, toda diferente do que se apresenta para os vossos. Em uma floresta, eles não veem as árvores, mas somente a seiva sob o aspecto de fontes que jorram. Em um canteiro de jardim, não veem as flores, e sim filetes líquidos e emanações, formando para eles toda uma outra ordem de coisas. A luz, o calor e a eletricidade não são para os sentidos deles a mesma coisa que para os vossos representam. Seus olhos se tornam cegos para as vibrações compreendidas entre 450 e 750 trilhões, do infravermelho ao ultravioleta, porém se tornam clarividentes para as superiores a 750 trilhões até 2 sextilhões.

O corpo humano terrestre deve sua forma e seu estado ao meio atmosférico e às condições de densidade, peso e nutrição dentro das quais a evolução vital terrestre se exerceu. O ser humano provém da fusão de um microscópico corpúsculo masculino com um minúsculo óvulo feminino. Tal fusão dá lugar a um pequeno fruto que se transforma em embrião e, neste, aparece gradualmente o local do coração, da cabeça, dos membros e dos diversos órgãos. O sistema nervoso desse embrião é comparável a irradiações de fios delicados, partindo de um ponto central que se tornará o cérebro. Sob a influência da luz solar, vibrações do ar, odores e sabores, um desses nervos se desenvolveu na periferia para formar o olho, primeiro informe, quase cego e rudimentar, dos trilobitas e dos peixes do período siluriano, e que afinal se tornou o admirável aparelho visual dos pássaros, dos vertebrados e do homem. O nervo auditivo foi desenvolvido pelos mesmos processos. O sentido do olfato e o do paladar marcharam paralelamente. Estes dois últimos são os mais antigos, os mais necessários à vida, e o do tato, o mais remoto de todos e o mais primitivo. Por assim dizer, só dois sentidos põem o homem em relação com o mundo exterior: a vista e o ouvido, mas ainda é a vista que estabelece verdadeiramente a comunicação com o Universo.

Milhões de filetes nervosos vão do cérebro à carne, sem dar origem a nenhum sentido, salvo a tecla, por assim dizer, das sensações íntimas e pessoais, sendo que uma já foi até classificada de sexto sentido. Vós me entendeis.

Ora, não há razão alguma para tudo quanto se passou e estacionou no vosso minúsculo planeta também se haja passado e estagnado de igual forma por toda parte.

E a prova é que, não há muito ainda, visitei dois mundos onde os seres humanos são dotados de dois sentidos a respeito dos quais não tendes a menor ideia da Terra.

Um desses sentidos poderia ser classificado de elétrico. Um dos filetes nervosos de que vos falei há pouco se desenvolveu, ramificou, multiplicado, numa forma de buzina, a qual, no escalpelo e no microscópio, mostraria tubos justapostos cuja extremidade exterior recebe os eflúvios elétricos e os transmite ao cérebro de maneira quase idêntica à do vosso nervo óptico quando transmite as ondas luminosas e à do auditivo com relação às sonoras.

Os entes munidos de tal sentido percebem o estado elétrico dos corpos, dos objetos, das plantas, das flores, dos animais, da atmosfera, das nuvens, o que constitui para eles um manancial de conhecimentos ocultos para vós.

As sensações orgânicas de tais seres são de todo diversas das vossas. Seu modo de existência difere também completamente. A causa da formação e do desenvolvimento desse sentido é o estado de saturação elétrica de tal mundo. A tensão elétrica não é bastante forte sobre a Terra para exercer ação importante na organização dos seres. Não é, entretanto, nula e disso se tem prova na crepitação, por vezes fosforescente, da cabeleira de certas mulheres, na sua sensibilidade especial, na irritabilidade nervosa dos contatos no meio da atmosfera seca e fria dos países muitas vezes visitados pelas auroras boreais. Ditos efeitos são encontrados, mais nítidos, em certos peixes elétricos, da classe da tremelga (torpedo), do ginoto (enguia), do siluro (bagre) e seus congêneres. Essa fauna elétrica, que não pôde no vosso planeta atingir todo seu desenvolvimento, representa o estado normal em certos mundos. Lá, o sentido principal é o elétrico; a vista fica em segundo plano.

No mundo número dois, o que mais me aturdiu foi a existência de um outro sentido ainda, muito diferente: o do rumo. Outro filete nervoso, partindo do cérebro, deu lugar a uma espécie de orelha dotada de ligeiras asas por intermédio da qual a criatura percebe a direção. Sabe-se, assim, sem o auxílio da vista, se se marcha para o norte, sul, leste ou oeste. A atmosfera está repleta de emanações que vos são desconhecidas. Esse sentido singular se orienta sem erro possível. Também serve para descoberta de coisas ocultas no interior do solo e dá diversas noções da Natureza que para vós são absolutamente interditas.

Poderia assim mostrar-vos que, nos canteiros do jardim da Criação, existe infinita diversidade, e que seria necessário uma eternidade para saborear os respectivos frutos e flores.

Quœrens – Meu caro mestre, ainda sou muito terrestre, muito, sem dúvida, devido à minha juventude, e longe de atingir essa metade da vida de onde começa a descida subsequente, feita com serenidade, rumo às praias eternas em que tantas promessas nos aguardam. É isso que explica certamente a razão pela qual este planeta me parece bom, e a sua Humanidade verdadeiramente bem-sucedida. Ontem ainda, em Paris mesmo, eu expunha as vossas teorias uranográficas a uma senhorita que as escutou com interesse. Ela não me fez objeção alguma; simplesmente me olhava muito, com todo o esplendor de uma beleza admirável. E, malgrado meu, contemplando-a, dizia a mim mesmo: podem elas ser mais belas em outros mundos do que aqui?

Lúmen – Sim, meu amigo, sois muito terrestre. Felizes os vossos olhos por serem tão imperfeitos e não poderem perceber mais do que a superfície desses corpos! Não quero dissecar o vosso poético encantamento. Além disso, eu o confesso, à Natureza terreal não falta harmonia. Mas essa harmonia existe em todos os mundos, muitas vezes em graus incomparavelmente superiores. Os lobos e as lobas se acham belos, e os hipopótamos se buscam à noite, sob o luar argênteo, no lodo dos pântanos selvagens. Tudo é relativo, e um homem do sistema de Arcturus desdenharia absolutamente a mulher mais formosa da Terra.

Mas, meu caro amigo, não me é possível entretê-lo com as curiosidades todas do Universo. Que vos baste haver levantado o véu para vos permitir entrever a incomensurável diversidade que existe nas produções animadas de todos os sistemas disseminados no espaço.

Eis que bem depressa vem a aurora, que põe em fuga os Espíritos e vai fazer desmaiar a nossa palestra, tal qual a luz de Vênus se esmaece à aproximação do dia terrestre. Desejo agora acrescentar aos aspectos precedentes uma observação assaz curiosa, inspirada pelas mesmas contemplações.

Ei-la: se um Espírito sutil partisse da Terra no momento da fulguração de um relâmpago e viajasse durante uma hora ou mais tempo com a luz, veria o relâmpago durante tanto tempo quanto o olhasse. Esse fato é estabelecido segundo os princípios já expostos. Se, porém, em vez de se distanciar exatamente com a velocidade da luz, o fizesse com uma rapidez algo inferior, eis a seguir o que poderia observar.

Admitamos que essa viagem de afastamento da Terra, durante a qual o Espírito sutil olha o relâmpago, dure um minuto, e suponhamos que o clarão perdure por espaço de um décimo de segundo. O contemplador continuará enxergando o relâmpago durante 600 vezes a sua duração; mas, se em vez de voar parelho com a velocidade da luz, mover-se mais lentamente, e, por exemplo, empregar um décimo de segundo para chegar ao mesmo ponto, não verá sempre o mesmo momento do relâmpago, e sim sucessivamente os diversos momentos que constituíram a duração total do relâmpago, que foi igual a um décimo de segundo. Naquele minuto inteiro, teria tido vagar para ver, primeiro, o começo do clarão, e de analisar o desenvolvimento, as fases e a continuação até o fim. Concebei que estranhas descobertas poderiam ser feitas na natureza íntima do relâmpago, aumentado 600 vezes na ordem de sua duração! Que pugnas espantosas teríeis tempo de perceber em suas flamas! Que pandemônio! Que sinistro de átomos! Que mundo oculto, por sua fugacidade, aos olhos imperfeitos dos mortais!

Se pudésseis ver pelo pensamento, separar e contar os átomos que constituem o corpo de um homem, esse corpo desapareceria para vós, porque há nele bilhões e bilhões de átomos em movimento e, para o olhar do analista, o conjunto se tornaria uma nebulosa animada pelas forças da gravitação. Swedenborg não imaginou que o Universo, visto em conjunto, tem a forma de colossal gigante? É o antropomorfismo. Mas tudo se assemelha. O que sabemos de mais seguro é que as coisas não são tal qual nos parecem, nem no espaço, nem no tempo. Voltemos, porém, ao relâmpago retardado.

Quando viajais com a velocidade da luz, vedes constantemente o aspecto existente no momento da partida. Se permanecêsseis durante um ano levado por essa mesma rapidez, teríeis ante os olhos, durante um ano, o mesmo acontecimento. Mas, se para melhor apreciar um acontecimento que não houvesse durado mais de alguns segundos (o desabar de um monte, uma avalanche, um tremor de terra, por exemplo), o Espírito sutil, posto em ação por mim, parte de modo a apreciar o começo da catástrofe e, diminuindo um pouco a marcha em relação à da luz, de modo que não veja constantemente o princípio, mas o imediato momento que o seguiu, depois o segundo, e assim sucessivamente, de maneira que não chegue ao fim antes de uma hora de exame, e seguindo quase a luz, o acontecimento dura para ele uma hora, em vez de alguns segundos; ele vê os penhascos ou as pedras suspensos no ar e pode, assim, render-se conta do modo de produção do fenômeno e das peripécias retardadas. Já podeis, nas possibilidades científicas terrestres, apanhar fotografias instantâneas dos momentos sucessivos de um fenômeno rápido, tal como o relâmpago, um bólido, as vagas do mar, as erupções vulcânicas, a queda de um edifício, e fazê-los em seguida passar aos olhares com lentidão calculada ante a persistência retiniana. De igual maneira, mas em sentido contrário, podeis fotografar o aparecimento da flor em botão até seu total desabrochar e daí até o fruto, o desenvolvimento de uma criança desde o nascer até a idade madura — e projetar essas fases sobre um fundo apropriado, fazendo desfilar em alguns segundos a vida de um homem ou de uma árvore.

Li, em vosso pensamento, haverdes comparado esse processo ao de um microscópio que aumentasse o tempo. É exatamente isso: vemos assim o tempo amplificado. O processo não pode receber rigorosamente a denominação de microscópio, mas, mais depressa, o de cronoscópio, ou o de cronotelescópio (ver o tempo de longe).

A duração de um reino poderia, pelo mesmo processo, ser aumentada segundo o arbítrio de um partido político. Assim, por exemplo, Napoleão II, tendo reinado apenas três horas, poderia ser visto reinar durante três lustros sucessivamente, dispersando-se os 180 minutos constitutivos das três horas ao longo dos 180 meses, com o distanciar-se da Terra em velocidade um pouco inferior à da luz, de maneira que, partindo no primeiro minuto em que as câmaras reconheceram Napoleão II, não se chegue ao derradeiro minuto de seu reinado fictício antes de três lustros. Cada minuto seria visto durante um mês, cada segundo, por espaço de doze horas.

Ademais, a medida do tempo não é essencialmente relativa e apropriada às nossas impressões? Isso, porém, não é mais do que um desvio no itinerário da nossa viagem.

Acompanhando-me em espírito nessa excursão intersideral, passastes algumas horas longe da Terra. É conveniente isolar-se, por vezes, assim, pelas celestes veredas. A alma tem maior posse de si mesma e, nessas reflexões solitárias, penetra profundamente através da realidade universal. A Humanidade terráquea, já compreendestes, é, tanto no moral quanto no físico, a resultante de forças virtuais da Terra. A forma humana, o talhe e o peso dependem dessas forças. As funções orgânicas são determinadas pelo planeta. Se a vida está repartida, entre vós, em trabalho e repouso, em atividade e em sono, isso se deve à rotação do globo que produz a noite: nos mundos luminosos, naqueles em que um hemisfério é eternamente iluminado por um sol ao qual apresenta constantemente a mesma face, e sobre aqueles que são perpetuamente alumiados por vários sóis alternativos, não se dorme. Se sois forçados a comer e beber, tal é devido à condição imperfeita da vossa atmosfera. Os corpos dos seres dispensados da necessidade de comer não têm a mesma vossa construção, pois dispensam estômago e ventre. Os olhos terrestres vos mostram o Universo sob um determinado aspecto; o olhar saturniano o vê de modo diferente, pois os dali são dotados de sentidos que percebem outras coisas vedadas a vós, de igual modo que não podem ver o que vedes na Natureza.

Assim, cada mundo foi, é e será habitado por várias raças, isto é, essencialmente diversas, e que, por vezes, não são vegetais, nem animais. O tipo Homem não é universal. Há seres pensantes de todas as formas possíveis, de todas as dimensões, de todos os pesos, cores, sensações e caracteres. O Universo é um infinito. Nossa existência terrestre é apenas uma fase nesse infinito. Diversidade inesgotável enriquece o campo maravilhoso do sempiterno Semeador.

O papel da ciência é estudar o que os sentidos terreais são capazes de apreender. O da Filosofia está em formar a síntese de todas essas noções restritas e determinadas e desenvolver a esfera do pensamento. Que tarefa seria se eu vos pretendesse entreter não somente com a variedade física, mas também com a diversidade intelectual e moral das Humanidades! As variantes seriam também consideráveis, mas compreenderíeis menos ainda.

Para vos assinalar apenas um exemplo, observai que, em vossa Humanidade terrestre, o valor intelectual e moral para nada serve, não é aplicado ao progresso, resulta nulo, não tem futuro, se aquele que o possui não dispuser da vontade e do poder de o colocar em evidência, seja pela vitória das suas ideias, seja por interesse pessoal. Jamais se vai buscar o mérito oculto. É mister que se patenteie ele próprio e se avilte à luta contra a intriga, a cupidez e a ambição. É a antítese do que devera acontecer. Resulta que os mais altos valores permanecem desconhecidos e improdutivos, e que as honras sociais e a fortuna sejam quase sempre conquistadas pelos intrigantes sem valor.

Pois bem, ainda há pouco, em uma das regiões mais luminosas da Via Láctea, um sistema de mundos que visitei me apresentou em todos os seus orbes, sem exceção, uma ordem intelectual absolutamente diversa. Lá, a organização dos Estados é constituída de tal sorte que os homens escolhidos pelas suas virtudes para o governo dos cidadãos não têm outras funções além de ir oferecer aos valores intelectuais as posições que lhes devem pertencer. Busca-se descobrir as inteligências, tal qual vós procurais encontrar ouro e diamantes. É para proveito da Humanidade. Não se criaram academias, mas não se conceberia que um homem de valor, em lugar de ser por elas solicitado, estivesse na contingência de perder seu tempo em visitas de lisonja para se ver em seguida preferido, muitas vezes, um nulo dourado que soube captar os sufrágios. É verdade que o referido sistema de mundos está em grau intelectual muito superior.

Acrescentarei ainda, pois falamos da diversidade moral das humanidades, que um dos planetas que me pareceu dos mais felizes é um orbe do grupo de Vega, onde a hidra da guerra (que devora entre vós 1.100 homens por dia há 50 séculos) foi decapitada de modo bem simples. Recentemente, ouvi contar a história do que ocorreu.

Um dia, as câmaras dos diferentes povos (porque havia também nações separadas) votaram a mesma lei, declarando que os interesses das nações entram por vezes em rivalidades inevitáveis, cabendo à sorte das armas ainda em certas circunstâncias decidir. Importava considerar, no entanto, que os povos são os verdadeiros soberanos e constituem a base fundamental da Humanidade e que era inútil, oneroso e inconveniente derramar sangue de um tão grande número de homens. Foi decidido que se limitaria daí em diante o resultado desses choques a um combate único, singular, entre os chefes de Estado, e que, quando a honra e a dignidade dos povos o exigissem, os dois chefes das nações beligerantes se defrontariam em duelo público, o qual somente cessaria com a morte de um dos ditos representantes oficiais das pátrias em rivalidade.

A lei foi aplicada em todo o seu rigor. E, após dois ou três duelos, e em menos de meio século, os chefes dos diferentes países entenderam-se para assegurar uma confederação amiga de Estados unidos de todos os povos do planeta, sob a previdência desses representantes oficiais, formando o Grande Conselho Internacional da República Universal, e a guerra desaparecia para sempre. A paz reina ali há 100 séculos. Em vez de serem regidas por força bruta, onerosa para todos e de uma selvageria bestial, as rivalidades de interesses são discutidas em conselhos de criaturas razoáveis.

Há, meu caro amigo terrestre, mundos incomparavelmente superiores à Terra sob o ponto de vista da sabedoria e da felicidade e também sob o aspecto das condições físicas e orgânicas de que falamos há pouco. Essas narrativas de Além-Túmulo não têm tido outro intuito senão dar-vos uma exposição sumária das realidades siderais desconhecidas da Terra.

Agora, tendes uma ideia do posto infinitamente pequeno, porém real, ocupado pela Humanidade terrestre no Universo; sabeis elementarmente o que é o Céu e bem assim o que é a vida... e o que é a morte.

A conclusão dessas palestras, meu caro Quœrens, reside toda ela no seu princípio. Quis que soubésseis que a lei física da transmissão sucessiva da luz no espaço é um dos elementos fundamentais das condições da vida eterna. Por essa lei, todo acontecimento é imperecível, e o passado resulta presente. A imagem da Terra de há 60 séculos está atualmente no espaço, à distância que a luz percorreu nesses 60 séculos; os mundos situados em tal região veem a Terra daquela época. Nós podemos rever a nossa própria existência diretamente e nossas diversas existências anteriores: basta, para tanto, estar a distância conveniente dos mundos onde houvermos vivido. Há estrelas vistas da Terra que não existem mais, porque estão extintas, depois de haverem emitido os raios luminosos que agora somente vos chegam. De igual modo, poderíeis receber a voz de um homem distante, o qual poderia estar morto no momento de se lhe ouvir a voz, dada a hipótese de ser acometido de apoplexia imediatamente depois de haver projetado um grito. Assim, essas conversações estabeleceram que os acontecimentos do passado existem sempre, levados no éter do espaço infinito.

Sinto-me feliz por me haver esse quadro permitido traçar ao mesmo tempo um panorama da diversidade das existências planetárias e bem assim das inúmeras formas vivas desconhecidas da Terra. Aqui, ainda, as revelações de Urânia são mais vastas e mais profundas do que as de todas as suas irmãs. A Terra não passa de um átomo no Universo.

Detenho-me aqui: todas essas numerosas e diversas aplicações das leis da luz vos eram desconhecidas. Na Terra, nessa caverna obscura, tão judiciosamente qualificada por Platão, vegetais em plena ignorância das gigantescas forças em ação do Universo. O dia virá em que a ciência física descobrirá na luz o princípio de todo o movimento e a razão íntima das coisas. Já há algum tempo, a análise espectral tornou possível identificar, no exame de um raio luminoso vindo do Sol ou de uma estrela, as substâncias que constituem esse Sol e essa estrela; já podeis determinar, através de uma distância de bilhões e trilhões de quilômetros, a natureza dos corpos celestes, dos quais recebeis apenas o raio luminoso! O estudo da luz vos prepara resultados mais magníficos ainda na ciência experimental e em suas aplicações à filosofia do Universo.

Mas eis que a refração da atmosfera terrestre estende para além do zênite a luz emanada do vosso Sol. As vibrações do dia impedem que me comunique por mais tempo convosco...

Adeus, meu digno amigo. Adeus! ou antes, até breve! Talvez regresse algumas vezes para conversar ainda com o vosso Espírito, para demonstrar que jamais vos esqueço. Depois, mais tarde, quando a hora da vossa alforria terrestre houver soado à sua vez, quando o vosso corpo adormecer no derradeiro sono neste medíocre planeta, eu virei ante vosso Espírito e faremos então uma viagem real por meio dos inenarráveis esplendores da imensidade. Nos sonhos mais temerários da vossa fantasia, não formareis jamais uma ideia, sequer aproximada, das estupendas curiosidades, das maravilhas inimagináveis que vos aguardam.

O EVANGELHO NO LAR

Quando o ensinamento do Mestre vibra entre quatro paredes de um templo doméstico, os pequeninos sacrifícios tecem a felicidade comum.[1]

Quando entendemos a importância do estudo do Evangelho de Jesus, como diretriz ao aprimoramento moral, compreendemos que o primeiro local para esse estudo e vivência de seus ensinos é o próprio lar.

É no reduto doméstico, assim como fazia Jesus, no lar que o acolhia, a casa de Pedro, que as primeiras lições do Evangelho devem ser lidas, sentidas e vivenciadas.

O espírita compreende que sua missão no mundo principia no reduto doméstico, em sua casa, por meio do estudo do Evangelho de Jesus no Lar.

Então, como fazer?

Converse com todos que residem com você sobre a importância desse estudo, para que, em família, possam compreender melhor os ensinamentos cristãos, a partir de um momento de união fraterna, que se desenvolverá de maneira harmônica e respeitosa. Explique que as reflexões conjuntas acerca do Evangelho permitirão manter o ambiente da casa espiritualmente saneado, por meio de sentimentos e pensamentos elevados, favorecendo a presença e a influência de Mensageiros do Bem; explique, também, que esse momento facilitará, em sua residência, a recepção do amparo espiritual, já que auxilia na manutenção de elevado padrão vibratório no ambiente e em cada um que ali vive.

Convide sua família, quem mora com você, para participar. Se mora sozinho, defina para você esse momento precioso de estudo e reflexões. Lembre-se de que, espiritualmente, sempre estamos acompanhados.

Escolha, na semana, um dia e horário em que todos possam estar presentes.

O tempo médio para a realização do Evangelho no Lar costuma ser de trinta minutos.

---

[1] XAVIER, Francisco Cândido. *Luz no lar*. Por Espíritos diversos. 12. ed. 7. imp. Brasília: FEB, 2018. Cap. 1.

As crianças são bem-vindas e, se houver visitantes em casa, eles também podem ser convidados a participar. Se não forem espíritas, apenas explique a eles a finalidade e importância daquele momento.

O seguinte roteiro pode ser utilizado como sugestão:

1. Preparação: leitura de mensagem breve, sem comentários;
2. Início: prece simples e espontânea;
3. Leitura: *O evangelho segundo o espiritismo* (um ou dois itens, por estudo, desde o prefácio);
4. Comentários: breves, com a participação dos presentes, evidenciando o ensino moral aplicado às situações do dia a dia;
5. Vibrações: pela fraternidade, paz e pelo equilíbrio entre os povos; pelos governantes; pela vivência do Evangelho de Jesus em todos os lares; pelo próprio lar...
6. Pedidos: por amigos, parentes, pessoas que estão necessitando de ajuda...
7. Encerramento: prece simples, sincera, agradecendo a Deus, a Jesus, aos amigos espirituais.

As seguintes obras podem ser utilizadas nesse momento tão especial:

- *O evangelho segundo o espiritismo*, como obra básica;
- *Caminho, verdade e vida*; *Pão nosso*; *Vinha de luz*; *Fonte viva*; *Agenda cristã*.

Esse momento no lar não se trata de reunião mediúnica e, portanto, qualquer ideia advinda pela via da intuição deve permanecer como comentário geral, a ser dito de maneira simples, no momento oportuno.

No estudo do Evangelho de Jesus no Lar, a fé e a perseverança são diretrizes ao aprimoramento moral de todos os envolvidos.

FEB editora
Livro espírita para um novo mundo
www.febeditora.com.br
@febeditoraoficial
@febeditora

Conselho Editorial:
Carlos Roberto Campetti
Cirne Ferreira de Araújo
Evandro Noleto Bezerra
Geraldo Campetti Sobrinho – Coord. Editorial
Jorge Godinho Barreto Nery – Presidente
Maria de Lourdes Pereira de Oliveira
Miriam Lúcia Herrera Masotti Dusi

Produção Editorial:
Elizabete de Jesus Moreira

Revisão:
Manoel Craveiro

Capa, Projeto gráfico e Diagramação:
Rones José Silvano de Lima - instagram.com/bookebooks_designer

Normalização Técnica:
Biblioteca de Obras Raras e Documentos Patrimoniais do Livro

Esta edição foi impressa pela Editora Vozes Ltda., Petrópolis, RJ, com tiragem de 1 mil exemplares, todos em formato fechado de 155x230 mm e com mancha de 122x185 mm. Os papéis utilizados foram o Off white slim 65 g/m² para o miolo e o Cartão 250g/m² para a capa. O texto principal foi composto em fonte Adobe Garamond Pro 13/15 e os títulos em Minion Pro Cond Display 38/30. Impresso no Brasil. *Presita en Brazilo.*